3
HH9

Déjà parus dans la série
ANIMORPHS

MEGAMORPHS

Pour en savoir plus,
rendez-vous à la p. 292

K. A. Applegate

AU TEMPS DES DINOSAURES

Traduit de l'américain
par Florence Meyeres

Les éditions Scholastic

Pour Michael et Jake

Titre original : In the time of Dinosaurs

ISBN 0-439-00549-3

Animorphs est une marque déposée de Scholastic Inc.

Illustration de couverture : David B. Mattingly

Édition publiée par Les Èditions Scholastic, 175, Hillmount Road, Markham (Ontario) Canada L6C 1Z7.

4 3 2 1 Imprimé en France 9 / 9 0 1 2 3 4 / 0
N° d'impression : 49079

CHAPITRE 1

MARCO

Je m'appelle Marco. C'est moi l'idiot qui ait regardé les informations à la télévision et qui ait vu le reportage sur ce sous-marin nucléaire échoué au fond de l'océan.

Vous n'avez jamais rêvé de pouvoir tenir votre langue ? Moi si. Enfin, dans ce cas précis, c'est ce que j'aurais dû faire. Parce que si j'avais su tenir ma langue, je ne me serais pas retrouvé en train d'aspirer de l'air par un évent au beau milieu d'une tempête, balancé par des vagues de plusieurs mètres de haut.

Mais je devrais peut-être tout vous expliquer depuis le début. Tout d'abord, je devrais peut-être vous expliquer pourquoi je respire par un évent.

Je vais essayer de faire vite. Il se passe des choses étranges sur notre bonne vieille planète Terre. Des choses que la plupart des gens seraient bien incapables d'imaginer. Si je racontais cela au premier venu, il me dirait :

— C'est ça, oui. Tiens, tu ne veux pas enfiler cette belle camisole de force ?

Des extraterrestres envahissent la terre. Et ils ne nous attaquent pas avec des vaisseaux spatiaux armés de puissants rayons lasers. Enfin, si, ils possèdent de tels engins, mais la plupart du temps, les Yirks ne les utilisent pas pour attaquer les humains.

Les Yirks sont une espèce parasite. Ils ressemblent à des vers, à des limaces, ou à certains profs de gym qui estiment que vous ne pouvez pas jouer au basket si vous ne faites pas une certaine taille.

Mais les Yirks ne rampent pas sur votre tête comme pourrait le faire une limace. Ils pénètrent à l'intérieur. Comme une limace de la taille d'un gros clou qui se glisserait dans votre oreille, se faufilerait dans votre canal auditif, en s'aplatissant comme une crêpe, puis qui se fondrait dans les moindres interstices de votre cerveau et, de cette manière, parviendrait à vous contrôler entièrement, totalement. Qui pourrait même vous forcer à faire vos devoirs.

Je plaisante, mais ce que je vous raconte n'a rien de drôle. J'ai toujours tendance à plaisanter, surtout avec les choses qui m'inquiètent. Et les Yirks m'inquiètent. Parmi les gens qui sont devenus les esclaves d'un Yirk, il y a ma mère. Nous pensions qu'elle était morte. Mais elle ne l'est pas. Enfin, je l'espère. En tout cas, la dernière fois que je l'ai vue, elle était bien en vie. Elle a d'ailleurs essayé de nous détruire, mes amis et moi. Drôle d'idée, non ?

Enfin bref, les Yirks sont donc une espèce parasite qui rôde dans tout l'univers à la recherche de créatures vivantes à contrôler. Ils ont déjà infesté les Gedds, une espèce vivant sur leur planète mère. Les Hork-Bajirs et les Taxxons sont également devenus leurs esclaves. Et maintenant, ils s'en prennent à la terre et aux humains.

Quel rapport avec le fait que je possède un évent ? Eh bien, il existe un autre peuple extraterrestre impliqué dans cette histoire : les Andalites. Eux aussi s'opposent aux Yirks et tentent de leur résister. Un vaisseau andalite a été abattu alors qu'il était en orbite au-dessus de la terre. Parmi l'équipage se trouvait le prince Elfangor, qui a réussi à gagner la terre et à se poser tant bien que mal dans un chantier de construction abandonné. Nous étions là, mes amis et moi, quand c'est arrivé. Il nous a transmis le pouvoir andalite de l'animorphe: la capacité d'absorber l'ADN de n'importe quel être vivant et de devenir cette créature.

Nous utilisons ce pouvoir pour combattre les Yirks. Nous, c'est-à-dire Jake, qui est devenu un peu trop raisonnable pour son âge depuis qu'il est en quelque sorte notre chef sans peur et sans reproche ; Cassie, notre spécialiste des animaux, une folle de la nature ; Rachel, la cousine de Jake, incroyablement belle, mais complètement allumée ; Tobias, un rapace mangeur de souris ; un Andalite dévoreur de beignets à la cannelle avec une queue de scorpion, appelé Ax ; et moi, Marco, intelligent, raffiné, charmant.

Modeste aussi. Et pas baratineur.

Vous ai-je dit que j'étais également supermignon ?

Enfin bref, j'étais là avec mon père à ne rien faire, par un samedi après-midi pluvieux, affalé dans un fauteuil en train de regarder la télé en me demandant si j'avais assez d'énergie pour me traîner jusqu'à la cuisine pour me ravitailler en gâteaux, quand j'ai vu ce flash d'informations.

Le journaliste expliquait qu'un sous-marin nucléaire avait des problèmes de moteurs. On craignait qu'il ne soit échoué au fond de l'océan. Des bateaux de secours et des plongeurs avaient été mobilisés, mais l'orage rendait les recherches difficiles. Ils n'arrivaient pas à localiser le sous-marin, et l'équipage risquait d'être irradié.

– Oh, la vache ! me suis-je exclamé.

– Oui, a approuvé mon père.

Il était affalé sur le canapé et il se demandait s'il avait assez d'énergie pour aller chercher des amuse-gueules dans la cuisine.

– Hum… ai-je fait.

– Tu vas dans la cuisine ? m'a-t-il demandé, plein d'espoir.

J'ai soupiré.

– En fait, je viens de me souvenir que je devais aller aider Jake à faire un truc chez lui.

– Mais tu vas louper le match alors, m'a-t-il répondu. Bon, avant que tu ne partes, pourrais-tu m'apporter un paquet de chips ? Et une boisson fraîche ? Et un oreiller ? Et me passer la télécommande.

Je lui ai donné tout ce qu'il m'a demandé, c'est-à-dire à peu près la moitié de la maison, et puis je suis sorti sous la pluie pour me rendre chez Jake. Il fallait que je lui raconte l'histoire du sous-marin. Je ne sais pas pourquoi, mais il le fallait. Je pensais que nous pourrions peut-être porter secours à son équipage.

Trente minutes plus tard, nous étions rassemblés tous les six sur une plage humide. Il n'y avait absolument personne en vue. Pas de maîtres nageurs. Pas de vieilles dames en train de ramasser des coquillages. En fait, il pleuvait vraiment beaucoup. Nous étions trempés et le sable humide collait à nos chaussures. Tous, sauf Rachel, qui a une sorte de capacité surnaturelle pour repousser la saleté, la boue et l'eau de pluie.

– Bien, nous ne serons pas gênés par les voisins, ça c'est sûr, a déclaré Jake en regardant autour de lui.

– Qu'est-ce que nous allons faire de nos tenues d'animorphes et de nos chaussures ? a voulu savoir Cassie.

En effet, nous ne pouvons pas morphoser avec nos habits et nos chaussures. Nous pouvons juste morphoser avec des choses qui nous collent à la peau. Je portais donc un short de cycliste et un T-shirt, trop petit pour moi et carrément moche, sous mes vêtements. Des affaires que je pourrais garder sur moi.

– Je l'ai déjà dit et je le répéterai encore : il faut qu'on fasse quelque chose à propos de ces tenues complètement ringardes. Nous sommes une honte pour le monde des super héros. Vous nous imaginez dans une bande dessinée à côté de Spiderman ? On aurait l'air de nases !

— De quoi ? a fait Cassie.

— De débiles !

Rachel est intervenue :

— Marco, dis-moi, tu sais bien que Spiderman n'est pas un personnage réel, pas vrai ? Et même s'il existait vraiment, je me demande bien en quelle matière est faite sa tenue pour ne jamais plisser au coude ni au genou. Allons, arrête un peu !

— On ferait mieux de se dépêcher avant que quelqu'un n'arrive, est intervenu Jake d'un air maussade.

Il hait les journées sombres et nuageuses. Ça le met toujours de mauvaise humeur.

On s'est déshabillés et on a mis nos affaires dans un sac à dos qu'on a caché dans une des poubelles bleues qui jalonnaient la plage.

— On aura peut-être de la chance, cette fois, a fait Cassie, peut-être que ce n'est pas le jour de ramassage des ordures.

— Oui, ce serait vraiment dommage que tu ne récupères pas ton jean, a repris Rachel, remarque que si tes jambes raccourcissaient de trois centimètres, il t'irait à la perfection.

Rachel est la meilleure amie de Cassie. Mais question fringues, elles ne sont pas tout à fait sur la même longueur d'ondes.

< Allez, a fait une voix au-dessus de nos têtes, il y a des types qui sont peut-être en train de mourir. Ne perdons pas de temps. >

C'était Tobias qui planait autour de nous.

Tobias est un faucon à queue rousse. Il communique avec nous par parole mentale. S'il était pressé, il y avait aussi une autre raison : Tobias déteste l'eau. Mais il ne voulait pas l'avouer.

On est entrés dans la mer. L'un après l'autre : Jake, Cassie, Rachel et puis moi. Et Ax aussi, qui avait pris son animorphe humaine, d'une beauté ambiguë. Alors que lorsqu'il redevenait un Andalite, il n'avait rien d'ambigu ! Il devait reprendre sa forme originelle avant de pouvoir morphoser en quelque chose d'autre. Il était allé au Parc pour acquérir une nouvelle animorphe. Avec l'aide de Cassie, bien entendu.

Tobias, lui, ne pouvait pas repasser par sa forme humaine pour morphoser. Ce qui n'est pas très pratique, vous vous en doutez bien, vu que les faucons ne sont pas très à l'aise dans les vagues !

Je me suis mis à nager pour gagner le large avec les autres. Tobias a scruté la plage une dernière fois avec ses yeux de faucon et a affirmé qu'il n'y avait personne dans les environs. Puis il a poussé un long soupir avant de plonger.

J'ai concentré toutes mes pensées sur l'ADN que je possédais en moi. L'image du dauphin a pris forme dans ma tête. Et je me suis mis à changer.

Maintenant, vous savez pourquoi j'ai un évent sur le haut du crâne !

CHAPITRE 2
CASSIE

J'adore me transformer en dauphin. Comment ne pas aimer ça ?

Il n'en est pas de même lorsque je deviens insecte, et plus spécialement quand je prends la forme de ces petits robots sans cervelle que sont les termites et les fourmis. Car je suis persuadée que les dauphins ont une âme. Ou alors, c'est la combinaison de certaines caractéristiques de leur ADN qui les font apparaître tels aux humains. Peu importe la raison, qu'elle soit mystique ou réelle, en tout cas, moi j'y crois.

Nous étions dans l'eau, les vagues s'écrasaient sur nos poitrines et nous luttions contre le courant. Lorsque l'eau glacée a atteint ma poitrine, je me suis mise à nager. Ça n'était pas facile de lutter contre les vagues, car les humains perdent de leur force une fois dans l'eau.

J'ai morphosé tout en nageant. Mes doigts ont commencé à s'allonger et ils étaient maintenant reliés les uns aux autres par une membrane, comme les pattes d'un canard. Les os de mes bras ont rétréci et ma main palmée s'est rapprochée de mon corps pour se transformer en nageoire. Mes jambes se sont mises à ramollir. Comme des spaghettis trop cuits, elles se sont collées l'une à l'autre pour ne plus former qu'une longue queue de dauphin. Dans le même temps, mes pieds se sont tournés vers l'extérieur. Ils ont grossi et sont devenus une nageoire caudale.

Ensuite, tandis que j'avais du mal à respirer avec toute l'eau salée qui me rentrait par la bouche, ma face d'humain, toute plate, s'est mise à s'allonger vers l'avant. On se serait cru dans un dessin animé. Comme si j'avais été faite de pâte à modeler et que quelqu'un me tirait la peau du visage.

Mes yeux se sont déplacés de chaque côté de mon crâne et, désormais, mon champ de vision était coupé en deux par mon immense museau grimaçant.

J'étais désormais plus dauphin qu'humain. J'ai aspiré une dernière grande bouffée d'air pour remplir mes poumons. Quand j'ai expiré, tout est ressorti par un évent qui s'était formé à la base de ma nuque.

J'ai plongé sous la surface agitée de la mer. Je me trouvais dans des eaux peu profondes et je pouvais voir le fond sablonneux, ainsi que les galets et les coquillages qui allaient et venaient au gré du courant.

Les humains préfèrent quand il n'y a pas beaucoup de profondeur, ce qui n'est pas le cas des dauphins. J'ai agité ma puissante queue et je me suis propulsée au large.

Pensez au jour le plus heureux de votre vie. Pensez qu'il fait beau dehors un jour où vous n'avez pas d'école, que vous venez de recevoir votre argent de poche et que vous n'avez que des choses agréables et amusantes à faire. C'est exactement l'état d'esprit des dauphins.

En plus de cela, de toute cette bonne humeur, ajoutez la sensation de puissance, d'aisance, d'être la créature parfaitement adaptée à l'endroit où vous vous trouvez.

<Allez, venez ! > me suis-je exclamée, folle de joie d'être tout simplement un dauphin dans l'eau.

Ils m'ont rejointe. Tout le monde se trouvait dans le même état d'esprit. Notre mission était sérieuse, mais cela ne voulait pas dire que nous ne pouvions pas nous amuser.

Nous avons fait la course en remontant délibérément à la surface pour percuter les vagues de plein fouet. Nous nous dépêchions, mais nous avons joué tout le long du chemin.

Et puis nous avons commencé à voir des hélicoptères qui patrouillaient dans le ciel au-dessus de nos têtes et des navires de l'armée sillonner la mer. Elle était très agitée et le vent soufflait fort. Quand nous sommes remontés à la surface, nous l'avons fait dans le creux des vagues. Nous avons expiré le vieil air avant d'en inspirer du frais, en laissant la mer nous porter, pour que nous puissions voir ce qui se passait.

< Nous devons être proches de l'endroit où ils pensent que le sous-marin s'est échoué >, a remarqué Jake.

< Vous trouvez ça normal, vous, d'être obligé d'avaler de l'eau salée chaque fois qu'on a besoin de respirer ? > a grogné Marco.

< Nous sommes au beau milieu de l'océan, lui a répondu Rachel. Il fallait s'attendre à trouver de l'eau de mer. >

< Oui, d'accord, mais nous n'étions pas censés nous retrouver au beau milieu d'un orage. >

< Allez, est intervenu Jake, plongeons. >

J'ai dirigé mon museau vers le fond et je me suis propulsée. Tout était plus calme et plus tranquille sous l'eau. A cet endroit, la mer devait bien faire cent mètres de profondeur. Il était difficile de faire une estimation précise, mais c'est l'impression que j'avais. Je nageais à environ vingt-cinq mètres de fond et j'apercevais le sable scintiller faiblement en dessous de moi. J'étais baignée dans une lueur bleu pâle. Je ne voyais pas beaucoup de poissons.

J'ai utilisé le système d'écholocalisation qui se trouvait dans ma tête. J'ai tiré une salve d'ondes sonores qui sont revenues vers moi après avoir rebondi sur les obstacles. Dans mon cerveau de dauphin s'est formée une image mentale d'un fond sous-marin creusé de failles profondes. J'ai également « vu » un plongeur et des sonars reliés aux bateaux par de longs câbles.

< Nous allons devoir nous disperser. Sinon, même avec notre système d'écholocalisation, nous n'allons pas réussir à repérer le sous-marin, a estimé Tobias. Toutes ces failles sont comme autant de petites vallées, et il peut être dans n'importe laquelle. >

< Tu as raison, a approuvé Jake. Mais tout le monde doit rester à portée de parole mentale de celui qui se trouve à sa droite ou à sa gauche. >

Plus facile à dire qu'à faire. Vous avez déjà essayé de nager en restant à la hauteur des dauphins qui se trouvent à côté de vous ? En plus, il fallait que nous remontions régulièrement à la surface pour respirer, et chaque fois que nous le ferions, les vagues nous balanceraient d'avant en arrière.

Rachel était sur ma droite. Ax sur ma gauche. Nous rasions le fond de l'océan, balayant l'espace qui nous entourait avec nos ultrasons.

Il nous avait fallu quarante-cinq minutes pour arriver jusqu'ici. Il nous faudrait donc quarante-cinq minutes pour retourner sur le rivage. Ce qui nous laissait juste trente minutes pour nos recherches. Ce n'était pas suffisant. Mais vingt minutes plus tard, j'ai aperçu, ou plutôt repéré, une chose étrange qui s'est matérialisée dans ma tête.

< Eh ! Ax, Rachel. Je crois que j'ai trouvé. >

J'ai tiré une nouvelle salve d'écholocalisation et j'ai « écouté » attentivement. Oui, il y avait bien quelque chose d'étrange. Quelque chose de très étrange. De très dur.

< Oui, j'ai bien quelque chose, ai-je repris. Rachel, dirige-toi un peu vers la gauche. Ax, un peu sur ta droite. >

Quelques secondes plus tard, Rachel m'a répondu :

< Rien. Il n'y a rien du tout. >

< J'ai repéré quelque chose, est intervenu Ax. Un objet solide, anguleux, qui semble dépasser du sol. Non, qui dépasse de l'une des failles. >

< Je vais aller jeter un coup d'œil, les ai-je préve-nus. Il peut juste s'agir d'un débris quelconque échoué là par hasard. >

Je suis remontée rapidement à la surface pour rem-plir mes poumons, puis j'ai replongé immédiatement vers le fond. Toujours plus bas, si bas que même mon corps de dauphin ressentait la pression de l'eau.

Je continuais à tirer des salves d'écholocalisation. Et alors, je n'ai plus eu aucun doute. Il dépassait juste de quelques mètres de la faille. Mais j'avais vu des films de guerre avec des sous-marins, et je savais qu'il s'agissait d'un périscope. Le commandant avait cer-tainement ordonné qu'on le déploie dans l'espoir un peu fou que quelqu'un le repère.

Ce qui était fait. Même si ce n'est pas vraiment nous qu'il attendait.

CHAPITRE 3
JAKE

Nous avions repéré le sous-marin. Maintenant, il fallait trouver un moyen de guider les plongeurs de la Navy jusqu'à lui.

< On pourrait en capturer un >, a suggéré Rachel.

Rachel choisit presque toujours l'approche la plus directe. Et dans le cas qui nous préoccupait, elle était dans le vrai. Il fallait qu'on agisse au plus vite, qu'on règle cette histoire sans attendre.

< D'accord, allons-y pour le kidnapping >, ai-je répondu.

< Quoi, quoi ? a fait Marco, tu donnes raison à Rachel ? >

< Eh alors ? en l'occurrence, elle propose la bonne solution. Il faut y aller. Mais attention, ne lui faites aucun mal. >

On a facilement repéré un plongeur. Avec leur

combinaison et les bulles tout autour d'eux, ils ne pouvaient échapper à nos radars à ultrasons.

On s'est approché de lui, mais la plongeuse n'a pas fait attention à nous. Nous n'étions qu'un groupe de dauphins qui passait par là et elle s'intéressait à autre chose.

Je l'ai contournée pour me retrouver derrière elle, et les autres en ont fait autant.

< Bon, on va être obligés de secouer un peu cette pauvre femme, mais ménagez-la au maximum, ai-je conseillé en m'adressant aux autres. Attrapez-la par un bras ou par une jambe, et toi, Rachel, pousse avec moi. >

Il y a une chose qu'on peut dire avec certitude sur les dauphins : rien ne leur est impossible lorsqu'ils sont dans l'eau. Tous les six, nous nous sommes mis en action comme si nous étions une équipe d'acrobates bien entraînés. Un bras, une jambe, le deuxième bras, la deuxième jambe : avant qu'elle s'en aperçoive, nous avions réussi notre coup.

– Mbblllou ! Mbbllou ! a hurlé la femme.

En tout cas, c'était ce que nous entendions.

Rachel a appuyé son museau dans le creux des reins de la femme. J'ai fait de même derrière sa nuque et, tous les six, nous l'avonc transportée dans l'eau, presque à la verticale, à une vitesse qui devait lui sembler hallucinante.

Naturellement, elle ne s'est pas laissée faire. Je crois que pendant quelques secondes elle nous a pris pour des requins. J'ai pu voir ses yeux écarquillés et terrifiés à travers son masque lorsqu'elle a tourné la tête pour regarder derrière elle.

Mais elle avait peut-être entendu parler de dauphins qui venaient au secours de noyés ou peut-être que, tout simplement, elle aimait les dauphins. Ou alors, il lui semblait évident que nous accomplissions une mission, car elle s'est calmée en quelques instants.

Nous avons lâché prise et je me suis mis devant elle pour lui présenter ma nageoire dorsale. Elle s'y est agrippée. Cassie a fait la même chose de l'autre côté. La femme a compris ce qu'on attendait d'elle, elle a saisi l'autre nageoire et, après ça, nous avons avancé beaucoup plus aisément. Nous nous sommes arrêtés juste au-dessus du sous-marin. La plongeuse ne pouvait pas le distinguer car il était encore loin dans les profondeurs. Mais on lui a fait une jolie démonstration : on filait vers le bas puis on remontait pour qu'elle comprenne bien ce que nous faisions.

Malheureusement, tout ceci a pris pas mal de temps. Trop de temps. Nous n'avions plus le choix : il fallait démorphoser dans l'eau.

Nous nous sommes éloignés de l'endroit où s'effectuaient les recherches et nous avons commencé à démorphoser. Cela a été, pour la plupart d'entre nous, une expérience horrible. Et ça a été pire encore pour Tobias qui s'agitait dans l'océan avec ses plumes imbibées d'eau salée ! Ax, lui, nageait plutôt bien dans son corps d'Andalite.

On a remorphosé aussi vite que possible. Nous avions maintenant tout le temps devant nous et nous sommes retournés sur le lieu de l'accident. Il fallait nous assurer que les plongeurs y étaient bien.

< Eh, ces types sont des rapides >, a fait Tobias une fois sur place.

Un petit submersible s'approchait déjà. Je pense qu'il s'agissait d'un engin spécialement conçu pour venir au secours des équipages des sous-marins en détresse.

Nous sommes restés un moment au-dessus du sous-marin échoué. Il était profondément enfoncé dans la faille et il était difficile d'imaginer comment ils pourraient bien le déloger.

< Pourrais-je poser une question ? a demandé Ax, à quoi servent ces sous-marins ? Est-ce que celui-ci n'est pas un peu gros pour l'observation des fonds marins ? >

Un second petit submersible descendait à toute allure tandis que tous les plongeurs remontaient vers la surface.

J'ai grimacé : c'était un peu gênant d'expliquer à un extraterrestre à quoi servait ce genre d'engin.

< Pour tout dire, Ax, c'est un sous-marin utilisé par l'armée. Tu vois la rangée d'écoutilles à l'arrière ? C'est un sous-marin chargé de missiles nucléaires. Et il y en a un derrière chacune de ces écoutilles. Armé d'une tête nucléaire. >

< Ah, je vois. >

< C'est une arme défensive. Tu comprends, au cas où l'ennemi nous attaquerait avec des bombes nucléaires, on a ça bien à l'abri dans nos sous-marins >, a expliqué Marco.

< Mais quels ennemis ? >

< Heu... c'est que pour l'instant, on n'en a pas vraiment, ajoutai-je en me sentant plutôt idiot, mais avant, on en avait. Et on pourrait en avoir de nouveau. >

< T'en fais pas, a repris Marco en faisant de l'esprit, on fait tous les grands magasins : Ennemi'R'us, Les Galeries ennemies, Go Ennemi et on finira bien par en trouver ! >

< Est-ce qu'ils ont le feu aux fesses ou quoi ? > a remarqué Rachel.

< Je me faisais la même réflexion, a ajouté Cassie. Et regarde un peu au-dessus. Les bateaux s'écartent et partent dans toutes les directions. >

Je baissai les yeux : l'engin de secours s'éloignait déjà. Mais au lieu de remonter vers la surface, il prenait simplement le large. Comme s'il voulait à tout prix mettre une certaine distance entre lui et le sous-marin.

< Tout ceci ne me dit rien qui vaille >, a fait Tobias.

< Fichons le camps ! >, ai-je hurlé.

Nous avons fait demi-tour et nous avons démarré en trombe. Nous avons agité nos nageoires et nous nous sommes mis à avancer à la vitesse de torpilles.

L'engin de secours était cinq cents mètres devant nous. Je l'ai perdu de vue quand nous sommes arrivés à la surface pour respirer un grand coup.

On inspirait, on plongeait, on avançait, puis de nouveau on prenait de l'air, on replongeait et on avançait encore. On perdait du temps à remonter à la surface,

mais il nous fallait respirer car nous faisions fonctionner tous nos muscles à leur maximum.

< On est peut-être idiots, a remarqué Rachel, je
veux dire, qu'est-ce qu'on s'imagine... >

Un éclair ! Une lumière si intense que j'ai eu l'impression qu'elle me transperçait ! Whaaaaa ! L'onde de
choc venait de nous rattraper. Le monde entier a
explosé autour de moi. Et, tout à coup, plus rien.

CHAPITRE 4
RACHEL

J'ignore combien de temps je suis restée incons-
ciente, mais quand j'ai ouvert de nouveau les yeux,
j'étais à la surface de l'eau et je flottais comme un
vulgaire poisson mort.

La première pensée qui m'est venue à l'esprit a
été : « Où sont les autres ? »

Puis : « j'ai morphosé depuis combien de temps ? »

< Cassie ! Tobias ! Jake ! > ai-je hurlé en ayant
recours à la parole mentale.

Aucune réponse. J'ai bougé ma queue et mes
nageoires : bon, au moins je n'étais pas blessée.
J'ai plongé pour jeter un œil autour de moi. L'eau
était encore plus claire qu'avant l'accident. Bizarre,
compte-tenu du fait qu'une tête nucléaire venait
d'exploser.

< Marco ! Ax ! >

« Tu te décides enfin à m'appeler ! » s'est exclamé Marco.

Il s'est glissé à mes côtés.

« Est-ce que tu as vu les autres ? »

« Non mais, jusqu'à maintenant, j'étais complètement ko. »

J'ai tenté de les repérer par écholocalisation : je n'ai perçu que la présence de poissons et de quelques baleines au loin. Mais pas de dauphin. Il est vrai que s'ils flottaient à la surface, il était possible que je ne reçoive aucun signal.

« J'ai une idée, a fait Marco. On n'a qu'à plonger pour regarder au-dessus de nous. Le soleil devrait faire ressortir leurs silhouettes. »

« Pas mal ton idée. Sauf qu'il pleut, alors... »

J'étais sur le point de dire que le soleil était caché, mais j'ai vu des rayons d'or qui traversaient l'eau tout autour de moi.

« Le ciel a dû s'éclaircir. Bon sang, ça veut dire qu'on est restés inconscients pas mal de temps. »

On a plongé très profondément et on a regardé au-dessus de nous et, de là, on a repéré quatre formes qui se découpaient dans la lumière du soleil.

< Vite ! > ai-je fait en me précipitant vers les silhouettes.

J'ai donné des coups dans l'une d'elles avec mon museau.

< Hé ! Qu'est-ce que c'est que ça ! a grogné Tobias. Oh, vous m'avez fichu une de ces trouilles ! Je vous ai pris pour un de ces foutus chats sauvages ! >

< Tobias, a dit Marco, tu es bien le seul type que je connaisse qui fasse des cauchemars à propos de chats sauvages ! >

< Viens un peu passer une nuit dans la forêt perché sur une branche, a marmonné Tobias, et on verra s'ils ne te filent pas la frousse ! >

Nous sommes allés donner des petits coups à tous les autres. Ax et Jake ont repris conscience, tout comme Cassie. Mais elle s'est mise à hurler en se réveillant.

< Ahhh ! Ahhh ! ! >

C'est à ce moment-là que nous avons vu du sang qui coulait de ses yeux et de son évent.

< Ohh ! J'ai mal ! >

< Démorphose immédiatement >, a hurlé Jake.

< Je fais ce que je peux… je fais ce que je peux… ahh. >

Petit à petit, la chair grise à l'aspect caoutchouteux a disparu pour laisser la place à un être humain de sexe féminin. La douleur du dauphin a disparu avec lui. Je me suis approchée tout près et je lui ai offert ma nageoire dorsale pour qu'elle puisse s'y accrocher.

– Waouh ! C'était vraiment douloureux, a-t-elle remarqué calmement une fois qu'elle a pu de nouveau se servir de sa bouche.

Elle a regardé autour d'elle :

– Comment se fait-il que l'eau soit si peu agitée ? Et pourquoi est-ce que le soleil brille ?

Elle s'est soulevée d'une trentaine de centimètres hors de l'eau en prenant appui sur Marco et moi.

Elle est redescendue et a dit :

– Hum… je suis bien réveillée ?

< Bien sûr que oui. >

– Et je ne rêve pas ?

< C'est sûrement pas un rêve, a estimé Marco, je ne vois aucune des nanas d'*Alerte à Malibu* dans le coin. Or, dans mes rêves, Pamela est toujours là. >

– Vous êtes bien sûrs que tout ça est bien réel ? a demandé de nouveau Cassie avant que j'aie le temps de dire à Marco qu'il pouvait toujours courir avant que Pamela Anderson remarque sa petite personne.

< Cassie, je t'assure, tu ne rêves pas >, a repris Jake.

– D'accord. Alors pourquoi est-ce qu'il y a un volcan là-bas ?

Pendant quelques secondes, nous sommes tous restés muets. Puis d'un seul coup nous avons plongé, abandonnant Cassie qui hurlait au milieu de l'océan.

J'ai plongé jusqu'à six mètres de profondeur, j'ai fait demi-tour puis je suis remontée vers la surface à toute vitesse. Je suis sortie de l'eau tel un missile, à la même rapidité. Je me suis envolée dans les airs pour voir par-delà la crête des vagues qui clapotaient.

J'ai bien regardé autour de moi, puis, trop abasourdie pour préparer ma descente, je suis retombée à plat sur le ventre. J'étais bien le premier dauphin dans toute l'histoire de l'humanité à faire un plat !

< Il y a un volcan là-bas ! Ce n'est pas des histoires ! Il n'y était pas, je l'aurais remarqué ! >

< Oui, il est bien là >, a acquiescé Tobias.

< Est-ce que ce ne peut pas être dû à l'explosion ? a demandé Jake, peut-être que l'explosion dans la faille a causé une sorte d'éruption ? >

– Il faut retourner là-bas, il y a peut-être des blessés.

< Il y a quelque chose que je ne saisis pas bien, ai-je fait à mon tour, les volcans n'apparaissent pas comme ça. En plus, vous avez vu la hauteur de celui-là ? Ça prend des centaines d'années pour que la lave et la cendre donnent un tel résultat. >

< Comment sais-tu tout ça sur les volcans ? s'est étonné Jake. Est-ce qu'on les a étudiés en cours ? >

< Non, j'ai appris ça… ailleurs >, ai-je marmonné.

Mais ils attendaient tous une explication.

< Bon, d'accord, j'ai appris ça en regardant un stupide programme éducatif à la télé. >

< Veuillez me pardonner cette interruption, a dit Ax poliment, mais il y a des choses énormes qui foncent sur nous. Deux créatures non identifiables. Je viens de les repérer par écholocalisation. >

< Oh, ce ne sont que des baleines, rien de grave, ai-je expliqué. Je les ai déjà vues tout à l'heure. Je crois que nous devrions aller faire un tour à terre et voir ce que… >

< Non, ce ne sont pas des baleines >, a repris Ax.

< Qu'est-ce que ça peut faire. Tu n'as peut-être pas très bien compris, Ax, mais il y un volcan – un volcan – là, à l'endroit où devraient se trouver nos maisons. Allons-y. Cassie, il faut que… >

– Hum, qu'est-ce que c'est que ça ? a-t-elle demandé.

Elle scrutait l'horizon avec attention tout en commençant à remorphoser en dauphin.

< Quoi ? >

– Ça !

Je me suis retournée pour suivre son regard. On s'est tous retournés, en fait.

Ça sortait de trois mètres au-dessus de l'eau. Ça avait un très long cou. On aurait dit une girafe d'un vert grisâtre. Au bout de ce cou, il y avait une tête fuselée, aux angles saillants, qui mesurait bien cinquante centimètres. Et tout juste derrière, il y avait une deuxième créature, identique, au long cou et à la tête allongée.

< J'y crois pas >, a murmuré Tobias.

< Qu'est-ce que c'est que ça ? Le monstre du Loch Ness ? > s'est exclamé Marco.

< C'est Vysserk Trois qui a morphosé ! ai-je hurlé. Mais non, c'est impossible, ils sont deux. >

< J'y crois pas ! > a répété Tobias.

< Ils foncent sur nous ! > a fait Cassie.

< Comme je vous le disais, est intervenu Ax en prenant un ton suffisant, ce ne sont pas des baleines. >

CHAPITRE 5
TOBIAS

Moi, je connaissais ces créatures. Ou tout du moins, je savais à quoi elles ressemblaient. Mais je ne voulais rien dire : si jamais je me trompais, Marco se moquerait de moi jusqu'à la fin de mes jours. En plus, c'était invraisemblable, complètement invraisemblable.

C'est pour ça que je me suis tu.

Mais, bon sang, j'ai quand même filé à toute vitesse.

< Ils sont trop rapides pour nous, a observé Jake, c'est dingue comme ils avancent vite. >

On nageait maintenant dans une eau calme, et on allait aussi vite que possible. Mais les créatures gagnaient du terrain. Et pendant tout ce temps, je me répétais dans ma tête : « J'y crois pas, j'y crois pas ».

Et pourtant, chaque fois que j'apercevais ces longs cous et ces têtes de serpent, je devenais de plus en plus sûr de moi.

Les créatures n'étaient plus qu'à quelques dizaines de mètres de nous.

< On ne pourra pas les semer, a affirmé Jake, on n'a que deux solutions : nous séparer ou attaquer. >

< Attaquons-les ! s'est exclamée Rachel, après tout, ce ne sont que des gros calmars, ou un truc dans le genre. Écrasons-les ! >

Rachel me plaisait avant même que je devienne un faucon. Mais maintenant, je l'apprécie vraiment. Elle pourrait être un oiseau de proie, ça lui irait très bien.

Pourtant, dans le cas présent, elle avait tort.

< On ferait mieux de se séparer, je ne crois pas qu'on pourrait les battre. >

< On n'a même pas essayé ! > a protesté Rachel.

< Tu ne m'as pas bien compris. Je sais que ça va sembler bizarre, mais... >

Pffoouuuhh !

Ça a surgi des profondeurs et ça ressemblait à un dauphin, mais en beaucoup plus gros. Ça mesurait bien dix mètres et ça avait une mâchoire énorme, grande ouverte !

On était trop occupés à observer les créatures qui nous poursuivaient et je n'ai pas eu le temps de voir arriver ce nouveau danger.

< Aaaaahhh… >

En un éclair, il a refermé sa mâchoire sur moi avant que j'aie eu le temps de réagir. Je me suis senti soulevé dans les airs, pris dans la mâchoire énorme de la créature qui a sauté hors de l'eau. Elle m'a lancé en l'air, exactement comme le font certains oiseaux de mer que j'ai observés, puis elle a ouvert la bouche en grand et m'a avalé tout entier.

On était en train de m'avaler !

Je me suis évanoui, j'ai repris conscience, puis j'ai de nouveau perdu connaissance.

Je sentais de l'eau tout autour de moi. Non, c'était beaucoup trop chaud pour être de l'eau. C'était brûlant ! Ma peau brûlait !

Je ne voyais rien, je n'entendais plus rien, à l'exception d'un bruit d'eau brassée et du boum-boum sourd d'un cœur qui bat.

J'ai perçu la présence de quelque chose à mes côtés. Mes sens m'ont permis d'identifier ce que c'était : un autre dauphin.

< Qui est-ce ? >

< C'est moi ! > a crié une voix furieuse.

< Rachel ! >

< Tu t'attendais à voir qui ? Jonas peut-être ? Il faut sortir de… de ce truc. Ahh ! J'ai la peau qui me gratte et ça me brûle ! >

< Ce sont les acides gastriques. La chose est en train de nous digérer. >

< Non, jamais je me laisserai digérer ! Je vais morphoser ! Je vais lui faire un gros trou dans le ventre et me tirer d'ici ! >

< Il faut d'abord repasser par ta forme humaine, et avec les acides gastriques… >

< On n'a pas le choix. >

Je pouvais déjà la sentir morphoser. Je sentais des doigt humains se coller à moi dans cet espace minuscule et bouillonnant. Elle avait raison, c'était la seule solution. Et je n'allais pas la laisser faire ça toute seule.

Je n'avais pas beaucoup d'animorphes à ma disposition, et il y en n'avait qu'une qui pouvait m'aider dans cette situation. Mais pour ça, il fallait d'abord que je redevienne un oiseau.

Il y avait quelque chose qui ressemblait à une pierre dans l'estomac, et elle m'écrasait à chaque fois que les parois de l'estomac bougeaient. Et dès que j'ai eu quitté la peau protectrice du dauphin pour retrouver le squelette fragile du faucon, c'est devenu insupportable.

Le corps de Rachel aussi m'écrasait, chaque fois que ses coudes, ses poings et ses genoux étaient appuyés contre moi.

Mais tout ça, ça n'était rien comparé au fait que je ne pouvais plus respirer.

J'étouffais !

< Ah, de l'air ! >

Rachel ne pouvait pas me répondre. Elle était redevenue un être humain. Mais je savais qu'elle aussi était en train d'étouffer.

Mon aile gauche était cassée, ma queue était inutilisable et la douleur insupportable, mais ça n'avait pas beaucoup d'importance, vu que j'avais commencé à rétrécir. C'était comme si je tombais dans un puits noir et sans fond.

Je n'aurais pas le temps de morphoser à nouveau, je le savais. J'allais mourir.

Dans un dernier flash de lucidité, avant de perdre conscience, je me suis revu, des années plus tôt, alors que j'étais encore humain : j'étais en train de jouer avec une petite figurine en plastique qui représentait

l'animal dans le ventre duquel je me trouvais aujour-
d'hui. La figurine était livrée accompagnée d'un
dépliant. Je me souviens de toutes les informations qui
étaient données.

« Ils avaient tort, ai-je pensé alors que je perdais
conscience, ils sont bien plus gros qu'ils le disaient. »

CHAPITRE 6

JAKE

< Il a eu Rachel et Tobias ! > a hurlé Cassie.

Je le savais. J'étais à la surface lorsque le monstre les avait attrapés et enfoncés dans sa gueule. Mais je ne pouvais pas me permettre d'y penser : j'avais encore trois de mes amis avec moi, et il fallait les sauver.

Les créatures au long cou étaient juste derrière nous et la plus grosse des deux menait la chasse. Laquelle nous avalerait ?

< Allez-y, plongez ! > ai-je ordonné.

< Et qu'est-ce qu'on fait pour... >

< Immédiatement ! >

On a plongé. A plus d'une vingtaine de mètres. Au-dessus de nous, les monstres paraissaient aussi gros que des navires. Les deux créatures ont commencé par plonger derrière nous, puis elles ont marqué un temps d'arrêt. Le gros monstre, celui qui avait pris Rachel et Tobias, se rapprochait.

< Il n'y a pas de temps à perdre : il faut qu'on file pendant qu'ils se décident pour savoir qui va nous dévorer ! > ai-je lancé.

< On ne peut pas abandonner Rachel et Tobias >, a protesté Cassie.

< Tu te sens capable de combattre cette créature, peut-être ? Tu veux rester pour essayer ? Elles vont finir par se mettre d'accord sur leur menu et on doit profiter de ce moment d'hésitation pour leur échapper. >

< Rachel ! Rachel ! a hurlé Cassie en ayant recours à la parole mentale, tu m'entends ? >

< Arrête Cassie ! Marco, Ax, allez la chercher. >

Marco et Ax, chacun de leur côté, ont saisi une nageoire avec leurs dents et ont emmené Cassie avec eux.

< Laissez-moi ! Rachel ! Rachel ! >

Je me sentais très mal. J'étais en colère après Cassie, j'avais peur, j'étais épuisé et, sans que je me l'explique, j'en voulais aussi à Rachel et à Tobias. Mais surtout, je me sentais très mal.

Qu'est-ce qui nous arrivait ?

On a nagé aussi vite qu'on a pu. Un hurlement de

rage suraigu a résonné à travers l'eau : les monstres se battaient entre eux.

Nous avons nagé en direction du rivage. Après un moment, Cassie nous a suivis de son plein gré.

Il y avait de moins en moins de profondeur. Bientôt nous n'étions que dans un mètre cinquante d'eau et nous avons commencé à démorphoser. En espérant que ce soit encore possible, car nous ne savions pas depuis combien de temps nous avions morphosé en dauphin.

C'est avec soulagement que j'ai retrouvé mon corps d'humain. Après être difficilement sorti de l'eau, j'ai marché d'un pas hésitant jusqu'à la plage. Je me suis jeté sur le sable, face contre terre puis je me suis retourné.

Cassie et Marco m'ont rejoint quelques instants plus tard. Quant à Ax, il lui a fallu quelques minutes de plus avant d'apparaître sous sa forme humaine.

— Prince Jake, il y a quelque chose qui ne va vraiment pas, a-t-il fait.

Je ne lui ai pas répondu. Évidemment que ça allait mal. Rachel et Tobias étaient probablement morts, plus rien ne pouvait bien aller maintenant. Plus jamais.

— Jake, Ax a raison, est intervenu Marco. Lève-toi et regarde ça.

Je me suis levé. Marco, Ax et Cassie étaient là, bouche bée, les yeux rivés sur la promenade qui longeait la plage.

Seulement, il n'y avait pas de promenade. Ni de vendeurs de sandwichs. Plus de grande roue, ni de stands de jeux. Il n'y avait plus rien. Et personne aux alentours. Rien qu'une rangée d'arbres qui avançait jusqu'en bordure du sable. Et au loin, au-dessus de la cime des arbres, le haut du volcan était entouré d'un énorme nuage de fumée.

— Ce n'est pas chez nous, a repris Marco.

— Qu'est-ce qui se passe ici ? ai-je demandé.

J'ai traversé la plage pour atteindre les arbres. J'espérais trouver quelque chose derrière. Mais les premiers arbres en cachaient encore d'autres. Au loin, entre les troncs, j'ai aperçu un espace dégagé. Mais il s'agissait d'une clairière avec des fleurs et de l'herbe, et non d'une ville.

Marco et Cassie sont venus me rejoindre.

— Écoute, a dit Marco.

— Écoute quoi ?

— Le silence. On n'entend que le vent dans les arbres.

Cassie a pris la parole :

– Et il n'y a pas de mouettes. Il y a toujours des mouettes.

J'avais remarqué un autre détail :

– On ne voit pas non plus de poubelles, ni de cannettes vides. Et pas de papiers de bonbons. On ne voit rien, rien du tout.

– Alors, qu'est-ce qui s'est passé ? s'est inquiété Marco. Est-ce que cette explosion nous a envoyés à l'autre bout de la planète sur une île déserte, au milieu de nulle part ?

J'ai haussé les épaules. Je n'arrêtais pas de penser à Rachel et à Tobias. De plus, une petite voix me disait qu'il fallait agir vite, qu'il fallait assembler toutes les pièces du puzzle, que nous étions en danger.

Je me suis retourné :

– Eh Ax, qu'est-ce que tu fais ?

Il était sur la plage, à une centaine de mètres de nous.

– J'essaie de comprendre quelque chose, prince Jake.

Je suis parti dans sa direction. Je ne me souvenais pas que le sable était si sombre et si dur. Mais qui pouvait dire où nous nous trouvions en réalité ? Il y avait des empreintes dans le sable qui semblaient avoir été faites par des oiseaux de grande taille. J'ai soudain pensé, de manière totalement illogique, qu'il s'agissait peut-être de celles de Tobias, car elles ressemblaient à des serres de faucon.

Mais bien sûr, c'était impossible. Rachel et Tobias étaient morts par ma faute. Si j'avais regardé devant moi au lieu de regarder en arrière, j'aurais pu voir le danger arriver. Alors j'aurais fait morphoser tout le monde en requin et on aurait pu se battre.

– Ce ne sont pas des traces de pas, a remarqué Cassie, en tout cas pas des traces d'humains.

Nous avons rejoint Ax. Il avait les yeux tournés vers les arbres. J'ai regardé dans la même direction. Il y avait une sorte de chemin qui serpentait dans le sous-bois. Certains arbres étaient penchés, d'autres avaient des branches cassées qui pendaient, couvertes de feuilles mortes. D'autres encore étaient couchés, ils avaient tout simplement été arrachés. Et tout le long de ce chemin, on aurait dit qu'on avait aspiré toutes les feuilles à la cime des arbres.

Marco aussi observait tout ça. Il m'est rentré dedans et m'a poussé sans le vouloir dans un trou creusé dans le sable. J'étais sur le point de le pousser à mon tour, mais ce n'était pas le moment de s'amuser.

– Je ne connais pas encore toutes les créatures de votre planète, a observé Ax, alors, dites-moi, quelle sorte de criiiiaature serait capable de faire ça ?

– C'est sûrement une tornade, ou quelque chose dans le genre, ai-je répondu en restant dans le vague, j'ai vu la même chose à la télé après le passage d'un cyclone.

– Ah, a repris Ax, et est-ce que les tornades ont des pattes ?

Sa question m'a fait presque sourire.

– Non, une tornade est une tempête de vent.

– Je vois. Il faut donc en conclure que cette chose n'a pas été produite par une tornade car, quoi que ce soit, ça avait des pattes.

– Comment le sais-tu ? a demandé Cassie.

– Parce que prince Jake se tient en ce moment au milieu d'une empreinte de patte.

J'ai baissé les yeux : on aurait dit une empreinte d'éléphant. Sauf qu'à la place des doigts, il y avait des griffes. Et en plus, l'empreinte s'enfonçait de presque dix centimètres dans le sable.

Ah oui, j'allais oublier : elle faisait à peu près un mètre de large…

CHAPITRE 7

CASSIE

Jake a aussitôt sauté hors du trou, comme s'il avait été rempli de serpents à sonnette.

Nous l'avons tous examiné avec attention. Puis nous avons levé les yeux pour regarder le chemin que la chose avait suivi entre les arbres.

Ensuite nous avons observé la manière dont les feuilles avaient été arrachées sur les branches les plus hautes.

— Jake, quelque chose a mangé ces feuilles, ai-je fait remarquer.

— Ces arbres mesurent plus de trois mètres, m'a-t-il répliqué.

— Il y a d'autres empreintes par là.

Ax désignait un point éloigné de quelques mètres.

— Et on dirait que partout autour, le sable a été comme ba-ba-balayé.

Jake m'a regardé.

– Cassie, est-ce que cette empreinte te rappelle un animal que tu connais ?

Jake est persuadé que je suis une sorte d'expert en animaux.

J'ai secoué la tête :

– On dirait qu'un animal, un énorme animal est sorti de ces bois. Il a mastiqué les feuilles en haut des arbres, un peu comme le ferait une girafe. Ensuite il est entré dans l'eau à cet endroit et il s'est retourné, ce qui explique les empreintes qu'on voit là. Il possède aussi une queue incroyablement longue qui a balayé le sable. Une fois qu'il a eu fait demi-tour, il est reparti d'où il était venu.

– Ça pourrait être une girafe ?

– Non, ai-je répondu.

Jake semblait un peu perplexe. Nous l'étions tous, mais lui, il devait prendre les décisions. Je le plaignais. Il avait eu raison de me tirer de force hors de portée de ces monstres marins. J'aurais dû le lui dire.

Mais la pauvre Rachel ! Et le pauvre Tobias ! Qu'est-ce que j'allais devenir sans Rachel ! Elle était ma meilleure amie, et depuis toujours. Je n'imaginais pas vivre sans la voir tous les jours.

Je m'étais mise à pleurer. Je crois bien que je n'avais pas arrêté depuis qu'on était sortis de l'eau.

J'ai senti le bras de Jake autour de mes épaules.

— Ne pleure pas, Cassie. Rachel et Tobias ont très bien pu s'en sortir. Tu connais Rachel ? Si jamais il existe un moyen de survivre, elle le trouve toujours.

J'ai séché mes larmes.

— Oui, tu as raison. Il faut se concentrer sur cette énigme.

Il a enlevé son bras et, tout à coup, il a semblé un peu gêné. Je crois qu'il s'attendait à une remarque désobligeante de la part de Marco. Mais Marco a bon cœur : il sait se taire quand il le faut. En plus, je savais qu'il était presque aussi triste que moi.

— Qu'allons-nous faire, prince Jake ? a voulu savoir Ax.

— Est-ce que je ne t'ai pas déjà demandé de ne pas m'appeler prince ? lui a répondu Jake machinalement.

— Oh si, prince Jake.

Jake a jeté un regard autour de lui.

— Je crois que nous devrions aller par là, a-t-il proposé en montrant la forêt du doigt. Mais nous ne suivrons pas le chemin. Il ne faudrait pas qu'on tombe sur la chose qui a broyé ces arbres et laissé de telles empreintes ! Mais où que nous nous trouvions, que ce soit une île d'Afrique ou d'Amérique du Sud, il doit forcément y avoir des gens quelque part, pas vrai ? Mais peut-être pas ici, sur la plage. Alors il faut les trouver.

Je me suis retournée presque malgré moi et j'ai regardé l'écume qui venait mourir si paisiblement sur le sable noir et grossier. Était-elle encore en vie ? Jake avait raison : si quelqu'un pouvait être avalé par une baleine – ou je ne sais quel autre animal – et s'en sortir, c'était bien Rachel.

– J'ai aperçu une clairière loin derrière les arbres, ai-je dit, il se pourrait qu'il y ait un village là-bas.

Jake a pris la tête du groupe. Le soleil était caché par les hautes branches qui se déployaient au-dessus de nous. De la vigne vierge courait sur le tronc des arbres et il y avait aussi des fougères si hautes qu'on aurait pu s'y cacher.

Nous avons rencontré un cours d'eau qui faisait quatre ou cinq mètres de large. De chaque côté, le rivage était bordé de magnolias, de cornouillers et d'énormes figuiers.

– On ne se croirait pas du tout dans nos régions, ai-je remarqué, ça ressemble plus à de la végétation tropicale.

– C'est sûr que c'est plutôt humide, s'est lamenté Marco.

– Je me demande si l'eau est potable, a dit Jake.

Il a haussé les épaules, s'est agenouillé et a plongé la main dans la rivière. Il a porté sa main à la bouche et il a bu.

– De toute manière, même si on attrape quelque chose, on finira bien par trouver quelqu'un qui nous donnera des médicaments, ai-je fait.

Je me suis accroupie à mon tour pour goûter à cette eau. Près de l'océan, l'humidité n'était pas aussi terrible. Mais maintenant, je me déshydratais et j'avais une soif terrible.

– On ne risque pas grand-chose, ai-je ajouté, en général, l'eau qui ne stagne pas…

Fsshhhhouuu !

Une tête énorme avait surgi hors de l'eau.

Snap !

Une mâchoire de presque deux mètres de long s'est refermée avec un bruit d'acier, et si près de mon nez qu'il l'a effleuré.

J'ai bondi en arrière… et me suis retrouvée sur les fesses. Je me suis retournée, je me suis remise debout et j'ai pris mes jambes à mon cou.

— C'était une saleté de crocodile, une bête énorme, a hurlé Marco en se précipitant vers moi.

On s'est arrêtés sous un gros arbre. On était là, tous les quatre, hors d'haleine.

— Il y a quelque chose qui cloche, ai-je lancé en reprenant mon souffle.

— Sans blague, a fait Marco.

— Non, ce que je veux dire, c'est que cette mâchoire était bien trop longue et trop allongée pour être celle d'un crocodile.

— Je n'aime vraiment pas ça, a marmonné Jake. Qu'est-ce que c'étaient que ces créatures dans l'océan ? Et qu'est-ce qui a bien pu laisser des empreintes de cette taille ? On a déjà vu des crocodiles, pas vrai ? Et celui-là avait des dents tout à fait hors normes.

— Prince Jake, je vais démorphoser, a prévenu Ax.

— Est-ce que ça fait trop longtemps que tu as morphosé ? a voulu savoir Jake.

— Non, mais j'ai peur, a avoué Ax. Je ne veux pas avoir à me battre dans ce corps fragile d'être humain.

— Alors, vas-y. Cassie, je ne voudrais pas avoir l'air de te harceler, mais tu es celle d'entre nous qui en connaît le plus sur les animaux. Peux-tu me dire où on se trouve, bon sang ?

– Je n'en sais rien. Ces crocodiles géants, ces baleines gigantesques et agressives, si ce sont vraiment des baleines : je n'ai jamais entendu parler de ça. Sans oublier cette chose assez grosse pour laisser une empreinte qui pourrait servir de baignoire ! Vraiment, je ne sais pas quoi te dire.

– Bien, super, a repris Jake qui semblait vraiment à bout de nerfs. Essayons autre chose : Ax, tu connais plus de choses que nous en physique et autres sciences…

– J'en connais plus que n'importe quel humain !

Il avait commencé à démorphoser, mais ses traits étaient encore très proches de ceux d'un adolescent.

– Peu importe. Dis-moi seulement comment il est possible qu'une explosion nous ait transportés jusqu'à une île… je ne sais pas, moi… une île comme Madagascar, ou quelque chose dans le genre, sans que nous ayons été tués.

– Madagascar ? s'est étonné Marco.

– C'est impossible, a affirmé simplement Ax.

– Génial, génial. Le mystère est éclairci. C'est complètement dingue.

Il a soupiré puis m'a regardée avant de hausser les épaules.

– Je ne sais pas quoi dire. Peut-être que lorsqu'on rencontrera des gens, ils pourront nous donner une explication.

Nous avons continué à marcher en direction de la clairière. Nous avions désormais très peur de cette forêt. Rien ne s'y passait normalement, tout nous semblait étrange, sans qu'on puisse vraiment dire pourquoi. Comment l'orage et la pluie avaient-il pu laisser la place aussi vite à un temps humide et ensoleillé ? Comment expliquer que nous avions quitté une plage bordée par une promenade et que lorsque nous étions ressortis de l'eau nous avions trouvé une épaisse forêt à la place ?

– On est peut-être en train de rêver, a fait Marco comme s'il avait lu dans mes pensées et, si c'est le cas, j'aimerais qu'apparaisse un Coca bien frais.

Il a tendu le bras et a fait mine de tenir une bouteille imaginaire.

– On dirait que ça ne marche pas.

Nous avions presque atteint la clairière. Les rayons du soleil, d'un jaune éclatant, transperçaient les arbres. Mais des fougères immenses me masquaient la vue.

– Sortons vite de ce bois, ai-je fait, on pourra réfléchir plus posément à l'air libre. Et on rencontrera peut-être des gens.

– Encore faudrait-il que tu comprennes leur langue… a plaisanté Marco.

– Chut !

Je m'arrêtai net.

– Qu'est-ce qu'il se passe ?

– Chut ! Écoute.

Quelque chose grognait et reniflait sur notre gauche. Puis nous avons entendu un bruissement d'herbes et, de nouveau, des reniflements. On aurait cru entendre… des bruits de mastication ?

– C'est une bête qui mange des feuilles, ai-je expliqué.

– Y'en a ras le bol des bêtes qui mangent, a grogné Marco.

– Il n'y a rien à craindre, ai-je ajouté, si cette bête mange des plantes, elle ne nous mangera pas nous. C'est peut-être une vache. Et si c'est une vache, elle appartient vraisemblablement à quelqu'un.

– Et si elle n'appartient à personne, peut-être que nous, on pourra la manger. Je meurs de faim !

On s'est avancé prudemment en direction du bruit. Plus on approchait, plus je me sentais rassurée : oui, c'était bien un animal en train de mastiquer. Mais est-ce que les vaches mangent des feuilles ? Non, bien sûr. Alors, c'était peut-être une biche. J'ai repoussé une feuille de fougère et je l'ai vu.

Il mesurait bien six mètres de long, de la tête au bout de la queue, et il avait des pattes aussi grosses que celles d'un éléphant. Il avait un long cou, qui comptait pour le tiers de sa taille et une queue à peu près de la même longueur. Son dos, et son dos uniquement, était couvert de piquants qui ressemblaient à une armure.

Je crois bien qu'on s'est tous arrêtés de respirer pendant deux minutes. Nous avions les yeux écarquillés.

– Je crois que c'est un bébé, ai-je dit.

– Un bébé, a répété Marco, Cassie, c'est un dinosaure !

Et tout à coup, nous avons entendu un grand Crac !

Ça venait de derrière nous !

– Hrrrrouuuuhh !

De grosses pattes armées de griffes faisaient vibrer le sol et la déflagration causée par le rugissement de l'animal a fait trembler les feuilles… et mes genoux !

Je me suis retournée juste à temps pour le voir sauter. Il nous a enjambés comme si nous n'étions pas là. Ses griffes terrifiantes, acérées comme les serres d'un faucon, sont passées au-dessus de nos têtes. La première patte s'est posée sur le sol tandis que de la seconde il a serré le flanc du « petit » dinosaure.

Il a baissé la tête, cette grosse tête carrée que nous connaissions si bien.

Le tyrannosaure a ouvert son énorme mâchoire et l'a refermée sur le cou du bébé dinosaure.

Je ne comprenais pas ce qui se passait, je n'arrivais plus à penser : j'étais prise de panique.

Nous sommes partis en courant.

CHAPITRE 8
RACHEL

J'étais un être humain ! Un être humain qui cherchait désespérément à respirer dans le ventre de cette maudite créature !

Je suffoquais, je ne voyais plus rien et ma peau me brûlait : j'étais meurtrie, bousculée, écrasée; bref, je devenais folle.

Je savais que Tobias était là, lui aussi, mais je ne savais pas où, il ne communiquait pas par parole mentale.

« Morphose ! » ai-je pensé en moi-même. Mais j'étais à bout de force. Le corps humain ne peut pas survivre longtemps lorsqu'il est privé d'air.

J'ai fait mon possible pour me concentrer, mais j'avais la tête qui tournait. J'étais sur le point de tout laisser tomber.

« Non, pas encore Rachel, tout n'est pas perdu, il

n'est pas certain que tu t'en sortes ma vieille, mais cette bestiole ne va pas s'en tirer comme ça. »

Bien que très faible, je sentais néanmoins des changements s'opérer en moi. Je savais que je devenais de plus en plus grande, mais je n'avais plus assez de temps. Et une fois sortie de là, je trouverais de l'eau, et non pas de l'air.

Oui, de l'air ! Il fallait à tout prix que je trouve de l'air.

Dans ma tête, une petite voix insistante n'arrêtait pas de me répéter : « Les poumons ! Les poumons ! »

J'aurais voulu lui répondre : « Oui, je sais. Je suis en train d'étouffer. Je sais ce qui se passe dans mes poumons. Il me font un mal de chien, ils se soulèvent désespérément, ils ont besoin de respirer ! »

Et je le jure, alors que je sombrais petit à petit dans l'inconscience, j'ai entendu une voix, aussi claire qu'un tintement de cloche : c'était ma propre voix, mais comme si elle venait de l'extérieur.

« Mais non, espèce d'idiote, disait-elle, je ne parle pas de tes poumons à toi. »

C'était une sensation très très bizarre. Mais brusquement, j'ai eu une vision claire de la situation. Je savais que j'avais morphosé à moitié, je savais que j'avais encore des cheveux blonds mais que des poils bruns et rêches me couvraient le visage. J'étais coincée dans les entrailles de la créature et une petite boule de plume était blottie contre moi.

Je comprenais tout ça et, mieux encore, je comprenais ce que me disait la petite voix : j'étais enfermée dans une cage dont les barreaux étaient des os bien solides, mais à deux pas de là, tout près de moi, il y avait de l'air.

J'ai levé une patte énorme : c'était celle d'un grizzly, une patte qui pouvait tuer un homme d'une seule petite claque. J'ai levé la patte, j'ai sorti mes horribles griffes crochues et j'ai frappé. J'ai enfoncé la patte le plus loin possible dans la chair et je l'ai déchirée.

— Hrrreeehhh !

J'ai entendu les gémissements de la créature, ils résonnaient tout le long de la carcasse qui m'enserrait.

J'ai arraché un autre morceau de chair.

— Hrreeehh !

Il y a eu un autre cri, puis un spasme qui a secoué son corps si fort que j'en aie presque été assommée.

Mais il en fallait plus maintenant pour me mettre ko ; j'avais perdu ma forme humaine ; j'avais fini de morphoser en grizzly. Et personne, pas même ce monstre marin, ne pouvait digérer un grizzly !

Rassemblant mes dernières forces, j'ai de nouveau enfoncé ma patte dans la chair de l'animal pour
la déchirer.

Ssshhhhhoouuuh !

De l'air, enfin !

De l'air arrivait dans mes poumons, je pouvais
respirer !

J'avais réussi : j'avais creusé un trou dans les
entrailles de la bête et pénétré dans ses poumons.

< Tobias, respire, il y a de l'air ! >

Je me suis remise au travail, lacérant les chairs de
la bête avec mes deux pattes. Je creusais vers le
bas pour éviter les côtes.

Tout à coup, de l'eau a jailli à l'intérieur de la créature ; de l'eau salée, bien fraîche : comme ça faisait
du bien !

J'ai continué à déchirer les chairs pour agrandir le
trou. Soudain, je suis partie à la renverse. J'ai
regardé en l'air, étonnée et désorientée.

La créature était venue s'échouer sur la plage.
Elle ne baignait plus que dans quelques centimètres
d'eau. Je me suis relevée et je suis sortie à l'air
libre. Je me suis ensuite dressée sur les pattes de
derrière.

Tobias pataugeait lamentablement. Avec ma grosse patte, je l'ai attrapé aussi délicatement que possible. J'ai avancé tant bien que mal vers la plage et je l'ai déposé sur la terre ferme.

< Tu vas bien, Tobias ? >

< Est-ce que j'ai l'air d'aller bien ? >

< C'est-à-dire… >

< J'ai une aile cassée, mes plumes sont en piteux état : la moitié de celles de ma queue ont été arrachées ou dévorées par l'acide qu'il y avait dans cet estomac. Je suis une épave. Bon, d'un autre côté, je suis toujours en vie… >

< Ouais >, ai-je confirmé.

Je me suis redressée et j'ai regardé autour de moi. J'ai constaté qu'on avait atterri à l'embouchure d'une rivière.

De notre côté, la berge était très haute et avec mes yeux d'ours, qui ne voyaient pas grand-chose, je ne distinguais que de vagues silhouettes qui bougeaient au loin. J'ai reniflé l'air : le grizzly a un odorat excellent. Et ce que j'ai senti était plutôt déroutant.

< Je sens… je ne sais pas quoi. C'est comme si un élément manquait, comme si on avait nettoyé l'atmosphère. Je sens bien l'odeur des arbres et des plantes,

mais… ai-je fait en secouant mon énorme tête, j'en sais rien. Il y a quelque chose que je devrais sentir, seulement je n'y arrive pas. >

Tobias s'est mis debout tout en tremblotant sur ses pattes.

< Tu parles des gaz d'échappement ? ou des huiles qui brûlent ? de l'odeur discrète des piscines ou de l'odeur de friture des fast-foods ? des odeurs de sueur, de parfum ou de poubelles qui puent ? En d'autres termes, toutes les odeurs qui sont le propre de notre civilisation ? >

< Oui, c'est exactement ça. >

Je l'ai regardé droit dans les yeux.

< Dis-moi, comment as-tu deviné ? Qu'est-ce qui se passe, Tobias ? >

< Eh bien, mes ailes et ma queue sont peut-être dans un état lamentable, mais mes yeux fonctionnent encore parfaitement. Et je peux voir ce que toi tu ne vois pas. >

< Mais les odeurs, ça ne se voit pas. >

< Non, bien sûr. Mais je peux voir un petit troupeau de l'autre côté de la rivière, un petit troupeau de hadrosaures. >

< Qu'est-ce que c'est que ça, un hadrosaure ? >

La manière de s'exprimer de Tobias commençait sérieusement à m'énerver. On aurait dit qu'il était sur le point de dire quelque chose de très important, mais qu'il n'arrivait pas à le lâcher.

< Les hadrosaures font partie de la famille des dinosaures. Ils ont un bec de canard. >

< Tobias, ça te dérangerait d'arrêter de raconter n'importe quoi. Des dinosaures ? >

< Eh oui. Voyons… Si je me souviens bien de ce que j'ai appris dans ma vieille encyclopédie, ces choses au long cou qui sont dans l'eau sont des élasmosaures, et la bestiole dont tu as crevé l'estomac était probablement un kronosaure. >

< C'est ça, je te crois. >

Je m'attendais à ce que Tobias rie de sa propre plaisanterie, mais il est resté très sérieux.

< Des dinosaures ? >

< Eh oui, des dinosaures. >

< Mince alors, on va avoir besoin d'animorphes un peu plus efficaces. >

CHAPITRE 9
TOBIAS

Je souffrais beaucoup, mais je ne voulais pas le dire. A quoi cela aurait servi d'ailleurs ?

Contrairement aux autres, j'avais très peu d'animorphes à ma disposition. Et nous étions sur la terre ferme à présent. Mon animorphe de dauphin ne m'était d'aucune utilité. Mon animorphe humaine était la seule qui pouvait me servir à quelque chose. Mais un corps humain semblait d'une faiblesse pitoyable dans un monde peuplé de dinosaures ! En faucon, au moins, je pouvais m'envoler au moindre danger.

Malheureusement, j'étais dans un état lamentable.

< Et maintenant, qu'est-ce qu'on fait ? a demandé Rachel. Et les autres, tu crois qu'ils s'en sont sortis ? >

< Je n'en sais rien. >

J'ai essayé de déployer mon aile cassée.

< Ahh ! >

< Tu as mal ? >

< Pas vraiment. >

C'était un mensonge.

Au-dessus de moi, Rachel me fixait de ses petits yeux d'ours.

< Pourquoi est-ce que tu ne morphoserais pas en humain. Tu remorphoserais ensuite en faucon. Comme la transformation se fait à partir de l'A.D.N., ton nouveau corps sera indemne. Exactement comme lorsqu'on a été blessé alors qu'on est morphosé. >

< D'accord. >

C'était une sensation étrange de retrouver mon corps humain. Je ne l'avais fait qu'à de rares occasions depuis que l'Ellimiste m'avait redonné le pouvoir de l'animorphe.

Mes plumes ont commencé à me gratter quand elles se sont rassemblées pour devenir de la chair. Je voyais de moins en moins bien et j'entendais de plus en plus mal. Je me suis relevé. J'étais devenu immense, lourd, maladroit : bref, j'étais de nouveau humain.

– Au moins, la douleur est partie. Il est temps maintenant de retrouver mes plumes.

Quelques minutes plus tard, j'avais retrouvé ma

forme habituelle… ou inhabituelle, si vous préférez. Malheureusement…

< Aaaahhh ! C'est encore plus douloureux ! >

< Ça n'a pas de sens ! > s'est exclamée Rachel.

J'ai eu un petit rire triste.

< Rachel, au cas où tu ne l'aurais pas remarqué, rien n'a plus de sens depuis le jour où nous nous sommes retrouvés sur ce chantier nez à nez avec ce vaisseau spatial. C'est peut-être dû à notre voyage dans le temps – si c'est vraiment ce qui nous est arrivé. Je demanderai à Ax si c'est bien ça… si jamais je le revois un jour. Ou alors, peut-être que l'Ellimiste a fait une fausse manœuvre quand il m'a redonné mes pouvoirs. Quel soulagement de savoir que lui aussi est capable de faire des erreurs ! >

< Alors reprends ta forme humaine. Il faut qu'on avance. Mais ne demande pas vers où. >

< Non, il faut que je me rétablisse. Ça prendra du temps, mais il faut que je reste en faucon pour que mes blessures guérissent. Pour commencer, j'ai besoin de toi pour remettre en place mon aile cassée. >

< Tu rigoles ? Je ne suis pas Cassie, moi. >

< Tu l'as déjà vu faire, et moi aussi. >

< C'est pas vrai ! Et qu'est ce que je vais utiliser pour faire des pansements ? >

< Tu n'as qu'à prendre des morceaux de ta tenue d'animorphe. Et tu prendras aussi des bouts de bois. >

< Oh la la ! Comme j'aimerais que Cassie soit là ! >

Elle s'est mise à démorphoser : sa tête massive, ses épaules carrées, ses hanches larges, sa fourrure épaisse et ses pattes énormes et puissantes, tout ça a rétréci et a disparu pour laisser place, petit à petit, à une très belle adolescente.

Rachel a baissé les yeux pour examiner sa tenue. C'était un long justaucorps noir.

– Je suis bonne pour me balader le ventre à l'air.

Elle a essayé de déchirer le tissu.

– Je n'ai pas les ongles assez longs.

< Approche-toi et penche-toi en avant. >

Elle s'est approchée et j'ai fait un trou dans le tissu avec mon bec.

En s'aidant de ce premier trou, Rachel a déchiré rapidement trois bandes de nylon noir.

– Laisse-moi te dire une chose, Tobias : tu n'as pas intérêt à te casser l'autre aile. Bon, je n'ai pas encore l'air trop mal, je pourrais lancer une nouvelle mode, mais si je devais en enlever encore plus, ça pourrait devenir gênant.

< Eh, rappelle-toi, je suis un faucon. Ça ne m'intéresserait même pas. >

– Mais oui, c'est ça.

Elle a ramassé de petites branches qui étaient tombées au bord de la rivière.

– Qu'est-ce que tu en penses ? Elles feront l'affaire ?

< Ça devrait aller. Bon, maintenant tout ce que tu as à faire, c'est de tirer mon aile pour la mettre bien droite. Il faut que l'os soit bien aligné, sinon je vais cicatriser avec une aile tordue et je devrais voler en cercle pour le restant de mes jours ! >

Rachel avait l'air paniqué.

< Je plaisante, Rachel. >

Mais en moi-même, j'ai ajouté : « Je l'espère. »

Elle a pris mon aile avec délicatesse.

– Je sens parfaitement l'endroit de la cassure. Je vais remettre ton aile droite, puis je mettrai une attelle de chaque côté. D'accord ?

< Pas de problème. >

Rachel a respiré très fort.

– A trois. Un… deux…

J'ai poussé un cri de douleur.

< Aaaaaahh ! >

– Désolée, vraiment désolée.

J'ai hurlé :

< Dépêche-toi de finir ! >

D'une main, elle a remis l'os en place. Il n'y avait pas de multiples fractures, la cassure était nette. Mais ça me faisait un mal de chien. Elle pouvait faire de son mieux, l'os resterait de toute façon légèrement tordu.

Avec sa main gauche, elle s'est emparée des deux petites branches et s'est arrangée pour les placer le long de l'os. Ensuite, elle s'est mise à serrer la main droite et j'ai eu de nouveau très mal. La douleur était si intense que j'en avais la nausée.

D'un geste rapide, elle a entouré mon aile avec la première bande.

< Serre plus. >

– Mais je vais te faire mal.

< J'aurai encore plus mal si mon aile ne se remet pas en place. >

Elle a donc serré le bandage, et je me suis retenu pour ne pas hurler.

Pour les deux autres bandes, ça a été plus facile. Rachel a vérifié que les nœuds étaient bien faits puis elle s'est assise et s'est essuyée le visage avec la paume de sa main. Elle suait beaucoup et elle avait le teint blême.

– Je ne sais pas comment fait Cassie pour supporter ça.

< Tu as fait du bon travail. Pour une première fois, crois-moi, tu t'es bien débrouillée. >

Elle s'est mise debout et, maintenant qu'elle avait retrouvée une vision normale, elle a regardé de l'autre côté de la rivière le petit groupe d'hadrosaures.

– Oh mon dieu, qu'est-ce que c'est que ça ? Jurassic Park ?

< Ou plutôt Crétacéous Park. Je crois que les hadrosaures vivaient au crétacé. >

Rachel m'a regardé avec insistance.

– Tu sais Tobias, je te connais depuis pas mal de temps. Mais je ne me souviens pas t'avoir entendu parler une seule fois de dinosaures.

< C'était ma passion quand j'étais petit. A cette époque, j'habitais chez mon oncle. Il buvait pas mal. Il se vautrait dans son canapé et hurlait après la télé. Et il criait aussi après moi dès que je faisais du bruit. Alors j'allais dans ma chambre et je jouais aux dinosaures. >

On s'est mis à grimper le long de la berge. Ou,

pour être plus précis, Rachel a commencé à escalader et moi, petite chose à l'agonie, je me suis perché sur son épaule.

C'était très difficile de m'accrocher à elle sans enfoncer mes serres dans sa peau. Je suis persuadé que je lui faisais mal, mais ça, c'est tout Rachel : elle n'en a rien laissé paraître. Une fois sur la rive, nous avons découvert une grande étendue herbeuse qui longeait le bord de la rivière. Derrière, il y avait une rangée d'arbres sombres et menaçants. Çà et là, il y avait quelques petites taches de couleur : il s'agissait de fleurs. Et puis plus loin encore, on apercevait le volcan.

< Il y a des fleurs, ai-je fait remarquer, on est bien au crétacé. >

— Et alors, c'est quoi la différence entre le jurassique et le crétacé ?

< Oh, il y en a pas mal. C'est au crétacé qu'on a relevé les dernières traces de la présence de dinosaures. Ils ont disparu de manière soudaine à la fin de cette période, il y a à peu près soixante-cinq millions d'années. Enfin, soixante-cinq millions d'années avant notre époque à nous. >

— Donc au crétacé, il ne reste plus que quelques

petits dinosaures. Pas ceux qu'on voit dans Jurassic Park.

< Ben... pas vraiment. Tu vois, il y avait quelques inexactitudes dans le film. En fait, certains des dinosaures qui étaient montrés appartenaient en fait au crétacé. >

Elle m'a fixé du regard.

– Tu ne vas pas me dire ce que je ne veux pas entendre, pas vrai ?

< J'ai bien peur que si. Si je ne me trompe pas et que nous sommes bien au crétacé, et bien alors, nous sommes en plein dans la période où a vécu le prédateur le plus puissant, le plus dangereux, le plus impitoyable et le plus vorace de toute l'histoire du monde. Je parle bien entendu du Tyrannosaurus rex. >

CHAPITRE 10

MARCO

CRAC ! CRAC ! CRAC !

Le sol tremblait !

Hrrrouuaaaouuuhh !

Le cri était si violent que la chose devait être toute proche !

Je hurlais moi aussi et je pleurais tout en continuant à courir. C'était la panique, la panique totale. Les feuilles giflaient mon visage, les branches fouettaient mes bras nus.

J'ai regardé derrière moi. A travers les larmes qui m'aveuglaient, j'ai vu le monstre lancé à notre poursuite qui courait en faisant des bonds.

Il mesurait une douzaine de mètres, de la tête au bout de la queue, et pesait bien six cents kilos. Plus des dents taillées comme des scies d'une quinzaine de centimètres !

Mais ce sont ces yeux qui étaient les plus impressionnants : des yeux intelligents et féroces, des yeux de bête affamée, des yeux qui semblaient presque se moquer de moi, pauvre créature sans défense que j'étais.

Morphoser ? Mais en quoi, en quoi donc ?

Il n'existait aucun animal qui puisse se mesurer à un Tyrannosaurus rex. Aucun ! Morphoser en gorille ? Le tyrannosaure n'en ferait qu'une bouchée.

J'apercevais les autres qui fuyaient à toutes jambes. La bête allait tous nous avoir, on ne pourrait pas lui échapper, pas même Ax qui avait pris de l'avance sur nous qui n'arrêtions pas de trébucher. Non ! Une minute ! Il y avait un moyen de s'en sortir !

Alors je me suis mis à hurler :

– Rétrécissez ! Morphosez, vite !

Les mots me déchiraient la gorge.

Ouap !

Une racine a semblé sortir de terre pour m'attraper par le pied. Le choc a été terrible. J'ai essayé de reprendre ma respiration, mais mes poumons étaient vides et mon cœur battait à cent à l'heure. Les autres continuaient à courir. Ils ne s'étaient pas aperçus que j'étais tombé.

Il fallait que je me dégage.

J'ai roulé sur le côté à l'instant précis où une patte griffue d'une grosseur incroyable s'écrasait sur moi.

Boum !

Le pied du tyrannosaure s'est abattu sur le sol avec la force d'une bombe. Le choc m'a fait sursauter.

Ensuite, il a baissé la tête. Ses dents brillaient et il me dévorait déjà littéralement des yeux.

J'ai pris une grande bouffée d'air, j'ai roulé de nouveau sur le côté, je me suis mis à quatre pattes, j'ai encore trébuché, je me suis relevé et j'ai fini par atterrir dans une fougère au pied d'un arbre dont le tronc faisait à peine trente centimètres de diamètre.

Je me suis traîné jusqu'à l'arbre, mais il était impossible de me cacher.

Le dinosaure m'a donné un coup de patte que j'ai évité de justesse.

– Morphose, imbécile ! a fait une voix.

C'était moi qui parlais sans m'en rendre compte.

Morphoser, d'accord, mais en quoi ? Quel animal serait assez petit pour faire l'affaire?

Ssccrrrrrriiicc ! Ouaaaammmm !

Une serre du tyrannosaure s'est abattue sur l'arbre et a arraché un morceau d'écorce. J'ai à peine eu un quart de seconde pour écarter ma jambe et éviter qu'elle soit arrachée.

Une serre ? Oui, c'était comme une patte d'oiseau gigantesque. Hé, un oiseau ! C'était ça la solution. Voyons si ce gros imbécile pourrait voler !

J'ai commencé à me concentrer sur l'image du balbuzard. C'était un oiseau de petite taille, bien trop petit pour attirer l'attention du tyrannosaure. Et il savait voler, lui au moins.

Je sentais les changements qui commençaient à s'opérer en moi. Mais le tyrannosaure n'était pas devenu le carnassier le plus féroce de toute l'histoire de l'humanité grâce à sa bêtise ! Il a fait le tour de l'arbre pour m'attraper. Et à ce moment-là, je n'étais plus maître de mon corps : j'avais les mains qui rétrécissaient et les jambes qui s'allongeaient.

Vous ne pouvez pas vous imaginer la puissance de ce monstre. C'est impossible d'en avoir la plus petite idée, à moins de s'être retrouvé face à lui. J'avais une frousse terrible et j'aurais tout donné pour disparaître dans un trou de souris.

J'ai tourné autour de l'arbre, toujours à quatre pattes. Une mâchoire énorme s'est refermée à quelques centimètres de ma tête.

J'ai poussé un hurlement :

– Aaaaahhhh !

L'énorme lézard a fait un saut sur le côté et s'est mis à rugir de dépit. Il était si près de moi que je sentais les vibrations de ses cordes vocales. Je pouvais voir sa gorge à la peau rugueuse se soulever. Pire encore, je pouvais voir l'intérieur de son immense bouche, dans laquelle luisaient des dents aussi acérées que des couteaux de boucher et encore toutes tachées du sang de sa dernière victime.

J'ai de nouveau tenté de m'échapper, mais mes mouvements étaient raides et j'arrivais à peine à bouger.

Crounch !

Le tyrannosaure a mordu à pleines dents dans le tronc d'arbre. Il s'est mis à se balancer de droite à gauche pour l'arracher, comme un gros toutou avec un os. J'ai entendu le bois qui craquait, j'ai vu l'écorce voler en éclats et la sève blanche de l'arbre réduit en bouillie pâteuse.

Quelques secondes encore, et l'arbre qui nous séparait n'existerait plus. Et ma transformation était déjà à un stade trop avancé pour que je puisse courir me cacher ailleurs.

Gggggggggrrrrrrrrhhhh ! Rrrraaaaaaooouuuuhhh !

Le tyrannosaure était devenu complètement enragé. Il grinçait des dents, continuait à s'acharner sur le tronc tout en se balançant d'avant en arrière.

Il faisait trembler le sol et ses cris de bête furieuse déchiraient l'air.

Quelques secondes encore et… Crraaccc !

Doucement, l'arbre s'est écroulé au milieu des fougères et des pieds de vigne.

Le tyrannosaure a repris son souffle, bouche ouverte, langue pendante, l'écume aux lèvres.

J'ai tenté de m'écarter, mais je suis tombé, j'ai roulé sur le sol et je me suis écrasé en ne contrôlant plus aucun de mes gestes.

Des ailes ! J'avais des ailes !

Trop tard.

La gueule de la créature s'abaissait vers moi. On aurait dit un engin de chantier, une sorte de pelleteuse, une mâchoire d'acier. Elle a mordu directement dans le sol et s'est coincée dans une racine.

J'ai battu des ailes et j'ai filé à toute allure, me frayant un passage entre les crocs de la bête.

Je courais sur mes pattes de balbuzard tout en déployant mes ailes.

Snap ! Les mâchoires de la créature ont effleuré ma queue.

« Envole-toi ! Envole-toi espèce d'idiot ! »

Boum !

Je n'avais pas vu le tronc d'arbre devant moi. Je suis rentré dedans tête la première. J'étais ko, incapable de faire le moindre mouvement.

Le tyrannosaure a poussé un cri de triomphe.

Il était là, au-dessus de moi, me dominant de toute sa hauteur, prêt à détruire.

Pourquoi est-ce qu'il avait continué à me pourchasser ?

Pourquoi ? Est-ce que je n'étais pas une proie ridicule, maintenant ?

Mais oui, c'était évident. Moi aussi j'avais déjà morphosé en prédateur, et je savais que les prédateurs n'ont qu'une seule idée en tête : tuer, tuer encore et encore. Il n'était plus question de se nourrir pour lui, mais de tuer, car c'était encore ce qu'il faisait de mieux.

J'ai remué mes ailes faiblement, mais j'étais encore trop sonné pour pouvoir bouger.

Et j'ai vu la tête de l'animal descendre vers moi, s'approcher de plus en plus près.

J'ai senti quelque chose bouger sur ma droite. Qu'est-ce que ça pouvait bien être ?

Flap ! Flap ! Flap !

La queue de l'Andalite, plus rapide que l'éclair, a frappé trois fois.

Le dinosaure a secoué violemment la tête. Ax a fait un bond en l'air et s'est laissé rouler sur le sol quand il est retombé.

Le tyrannosaure a marqué un temps d'arrêt, a essayé de hurler, puis il s'est écroulé. Une paire de mains humaines m'a attrapé juste au moment où six tonnes de cruauté à l'état pur s'affalaient sur le sol.

CHAPITRE 11

AX

J'ai essuyé ma queue sur de grandes feuilles. Malheureusement, ce n'était pas la seule partie de mon corps à être tachée. Mes amis terriens avaient tous les yeux rivés sur l'énorme créature. Marco, lui, était en train de reprendre sa forme humaine. Quant à moi, j'étais encore tout tremblant.

– Bon travail, Ax, a fait prince Jake.

Il m'a donné une petite tape sur l'épaule. C'est ainsi que les humains vous manifestent leur amitié ou vous félicitent. Quelquefois, ils font le même geste pour tuer des insectes minuscules appelés moustiques.

< J'étais cuit, a soupiré Marco encore aux trois quarts oiseau, tu m'as sauvé la vie, mon gars. >

< J'ai eu de la chance. >

– Je n'arrive pas à croire que tu sois arrivé à battre ce monstre, a repris prince Jake.

< Prince Jake, je t'en prie, ne crois pas que je puisse vaincre ces créatures. Cet animal était occupé à poursuivre Marco, il était distrait. De plus, il n'a pas l'habitude d'être attaqué. >

– Tu es trop modeste, a estimé Cassie.

< Non ! me suis-je exclamé sur un ton plus péremptoire que je ne l'aurais voulu, écoutez-moi bien : je sais de quoi je suis capable. Dans un combat au corps à corps, cette créature m'aurait terrassé. A un contre un, j'ai quatre-vingt-dix pour cent de chances de perdre. >

– Oh ! a fait prince Jake.

– Ouais, en tout cas, cette fois-ci, tu t'es pointé juste au bon moment, a ajouté Marco.

Il a tendu les mains devant lui : elles étaient toutes tremblantes.

– Je ne peux pas m'arrêter.

– C'est complètement fou, a repris Cassie.

Elle a regardé autour d'elle avec beaucoup d'attention. Elle scrutait le paysage à la recherche, sans doute, d'autres créatures du même genre.

– Qu'est-ce qui se passe ? Que font des dinosaures ici ? Et d'abord, c'est où ici ?

< Est-ce qu'il existe un endroit sur votre planète où vivent ces créatures ? >

Elle a secoué la tête violemment.

– Non, en tout cas, ça fait des millions d'années qu'elles ont disparu, voire des dizaines de millions d'années. Non, il n'existe aucun endroit sur Terre où les tyrannosaures se baladent en toute liberté dans la forêt.

– Ouais, je crois bien avoir entendu un truc comme ça à l'école, a ajouté Marco.

Au ton de sa voix, je crois pouvoir affirmer qu'il s'agissait là de ce que les humains nomment « humour caustique ». Quant à savoir ce que ce mot a à voir avec de l'encaustique...

Je retrouvais peu à peu mon calme. Mais la terreur que j'avais connue faisait maintenant place au pessimisme. Il était clair que les humains – tout comme les Andalites – était d'une faiblesse pathétique privés des techniques apportées par la civilisation.

– On serait donc dans une sorte de Jurassic Park grandeur nature, a déclaré prince Jake. Peut-être que c'est ce qui est arrivé, peut-être que quelqu'un a cloné l'ADN de vieux os de dinosaures.

< Scientifiquement, c'est possible, mais j'ai senti une étrange distorsion dans mon horloge interne. Cette planète ne tourne plus à la même vitesse

qu'avant. Je crois que l'explication la plus plausible est que nous avons voyagé très loin dans le temps. >

Prince Jake a haussé les sourcils et m'a regardé :

– Des millions d'années en arrière ?

< Une fois qu'une fissure Sario – ou en d'autres termes une fissure temporelle – a été créée, il n'y a plus aucune différence entre une année ou un million d'années. L'énergie requise est identique. Je crois me souvenir des équations... dans une équation ou t représente le temps et z l'Espace-Zéro... >

– Oh, oh ! est intervenu Marco en levant la main, tu m'as sauvé la vie, d'accord, mais tu vas me faire mourir si tu nous donnes une leçon d'algèbre.

< Il est certain que je ne suis pas un grand spécialiste. Nous avons étudié ce phénomène quand j'étais à l'école. Mais il est possible que je n'aie pas été très attentif. Qui aurait pu prévoir qu'un jour j'aurais besoin de comprendre la distorsion temporelle ? >

– Comment fait-on pour revenir en arrière ? a voulu savoir Cassie.

< Je l'ignore. Je ne vois aucun moyen de reproduire l'incident qui a provoqué la distorsion. Je parle de l'explosion du sous-marin. >

– Comment ça ? Tu ne peux pas nous concocter

rapidement une petite bombe thermonucléaire ? s'est moqué Marco.

< Une bombe thermonucléaire, c'était donc ça ? >

J'ai éclaté de rire. Je sais que je n'aurais pas dû, mais vous devez bien admettre que c'était hilarant.

< Une bombe thermonucléaire ? Je croyais que c'était au moins une bombe à protons. Nous utilisons le thermonucléaire uniquement pour le fonctionnement des jouets. Vous savez, pour les poupées qui parlent, ou les choses de ce genre. >

Mes amis humains avaient les yeux rivés sur moi.

— Alors le Toys R' Us des Andalites, ça doit vraiment donner ! s'est exclamé Marco.

— Revenons à nos moutons, est intervenu prince Jake avec impatience. Rachel et Tobias sont peut-être morts. En tout cas, il est trop tard pour faire quoi que ce soit. Nous avons voyagé des millions d'années en arrière, et à ça non plus, on ne peut rien y faire. Nous sommes à l'époque des dinosaures, et aucune de nos animorphes ne pourrait nous être d'une quelconque utilité face à des ennemis comme… comme ça, a-t-il ajouté en montrant du doigt l'immense cadavre. Alors ma question est : que fait-on maintenant ?

Prince Jake avait parfaitement résumé la situation.

Nous étions pris au piège dans un monde extrêmement dangereux et nous n'avions pratiquement aucun moyen de nous défendre.

J'ai tourné mes yeux tentaculaires vers la tête du tyrannosaure. Sa bouche était entrouverte et à la vue de ses dents monstrueuses, je me suis mis à trembler de nouveau. Elles étaient acérées comme des lames de rasoirs, un peu comme des dents de requin, mais en plus gros, en beaucoup plus gros.

Je pouvais me représenter clairement ce qui serait arrivé si la créature avait réagi un peu plus vite, j'imaginais sa mâchoire se refermant sur mon torse et les coups de tête violents qu'elle aurait donnés pour me découper en petits morceaux faciles à avaler...

– Il faut s'adapter, a dit Cassie d'une voix sombre. C'est ce que font les animaux pour survivre. Notre environnement a complètement changé. Nous sommes entourés de prédateurs féroces, et nous sommes loin de la civilisation. Il faut donc s'adapter, ou alors, on se fera dévorer.

– Super, a répondu Marco. C'est Robinson Crusoé à Jurassic Park. Regarde-nous. On n'a rien, pas de maisons, pas de nourriture, pas d'outils, pas d'armes. Et même pas de chaussures !

– Eh bien, il va falloir se débrouiller pour fabriquer tout ça, a repris prince Jake. Et nous possédons encore une arme : nous pouvons morphoser. On ne fait peut-être pas le poids contre un Tyrannosaurus rex, mais on peut voler et lui échapper

– Des chaussures et de la nourriture, il y en a juste en face de nous, a poursuivi Cassie.

Des yeux, elle désignait le tyrannosaure mort.

– On peut utiliser la queue d'Ax comme couteau et se servir du cuir du dinosaure pour faire des sandales. La peau du bas des pattes semble suffisamment dure et épaisse. On n'a qu'à prendre cette peau, retirer la chair et la manger. Ensuite, on utilisera les ligaments et les tendons comme lanières.

Je crois pouvoir dire que prince Jake et Marco avaient l'air dégoûté. Les humains sont parfois étrangement délicats. Mais je n'arrive jamais à prévoir dans quelles situations.

– Waouh ! s'est exclamé Marco. Tu t'es vite adaptée à la situation, pas vrai Cassie ?

Cassie s'est approchée du dinosaure et lui a palpé la patte.

– Écoute-moi bien, Marco. J'ai perdu ma meilleure amie, et Tobias aussi. Et je ne veux pas voir la liste s'allonger. On a besoin de nourriture et je ne vois pas de MacDo dans le coin. Nous ne sommes pas assez gros ou assez forts pour jouer les prédateurs dans ce milieu. On n'a sacrément réculé sur la chaîne alimentaire. Au mieux, on peut être des pillards de cadavres. Et devant nous, il y a des kilos et des kilos de protéines. On n'a qu'à en manger un peu maintenant et en fumer une partie que nous garderons pour plus tard.

On peut dire que prince Jake et Marco paraissaient encore plus dégoûtés que précédemment. Et je dois dire que je l'étais moi aussi. Je découvrais Cassie sous un nouveau jour. Mais je dois ajouter que, de nous tous, c'est elle qui est le plus au courant de tout ce qui touche à l'environnement. Elle avait évalué la situation et elle s'était rendu compte qu'elle et ses amis humains n'étaient plus maîtres de ce monde.

J'étais un peu plus optimiste sur nos chances de survie. Les humains sont peut-être un peu primitifs sur le plan technique, sans mentionner leur faiblesse physique (quelle habitude de se mouvoir sur deux jambes maigrelettes !), mais quand il s'agit de s'adapter promptement à une situation nouvelle, ils sont bien utiles !

Cassie s'est tournée vers moi, fixant mes yeux principaux.

– Ax, tu veux bien faire ça pour nous ? Nous n'avons pas d'autre outil que ta queue.

< Bien sûr. Je ferais mon possible. >

– Alors, on y va. Jake, Marco et toi pourriez ensuite ramasser des branchages et des feuilles mortes. Il faut faire vite. On n'est pas les seuls à vouloir se nourrir de ce paquet de viande. Ax, j'ai besoin de toi pour faire des tranches de ce morceau de patte. Découpe des carrés de trente centimètres.

J'ai regardé prince Jake. Il a souri et il a haussé les épaules.

– C'est Cassie la patronne, elle sait ce qu'il faut faire. Moi je n'en sais rien, et Marco non plus.

– Ça, tu peux le dire, a confirmé Marco.

J'ai tourné tous mes yeux en direction du tas de viande morte. J'ai visé avec précision, et je me suis mis au travail.

CHAPITRE 12
RACHEL

J'avais les pieds en sang. Des traînées rouges tachaient les herbes coupantes sur mon passage. Le bas de mon justaucorps était tout déchiré. Je n'étais pas très belle à voir. A moins que mon nombril à l'air… la mode à franges… non, vraiment, ça n'était pas ça.

Je portais Tobias. Il était incapable de voler et ne marcherait jamais assez vite. Perché sur mon épaule, même s'il faisait très attention, il était obligé d'enfoncer ses serres dans ma peau pour se maintenir en équilibre.

Pas très rigolo, tout ça. Surtout que je m'attendais toujours à voir un féroce dinosaure surgir à chaque instant de la forêt qui se trouvait sur notre gauche.

< Tout va bien ? > a demandé Tobias.

– Oui, oui, pas de problème. J'essayais de prendre une voix rassurante. Je ne serais pas contre un peu plus de fraîcheur, mais ça va.

< Ouais, l'atmosphère est…aahh… plutôt humide. >

A l'entendre souffrir comme ça, je me sentais coupable de penser à mes petits problèmes à moi.

– Tu sais Tobias, tu devrais peut-être reprendre ta forme humaine pour un petit moment.

< Oh, désolé, tu dois en avoir assez de me porter. >

– Non, non, ce n'est pas du tout ça. C'est juste que ton aile te fait affreusement souffrir. Si tu redevenais humain, tu n'aurais plus mal.

< Je ne peux rester dans une animorphe que deux heures, Rachel. Après, il faudra que je démorphose et je serai revenu à mon point de départ, car je ne continuerai pas à cicatriser pendant cette période. Et il faudra que tu refasses mon pansement, ce qui ne sera pas une partie de plaisir, ni pour toi ni pour moi. >

– Tu pourrais reprendre ta forme humaine et la garder pour toujours. Il y a des choses pires dans la vie.

Il resta silencieux pendant un certain temps. Quand il a repris la parole, il avait changé de sujet.

< Tu pourrais me soulever juste une seconde, je crois que j'aperçois quelque chose. >

Je l'ai soulevé très haut au-dessus de ma tête.

– Qu'est-ce que c'est ?

< De la fumée ! Je vois une colonne de fumée ! >

– Comme un feu de forêt ? Ou une éruption volcanique ?

< Non, on dirait un feu de camp. >

Je l'ai redescendu.

– Ce sont peut-être les autres, il est possible qu'ils aient réussi à rejoindre la côte et qu'ils aient allumé un feu. Si j'ai bien compris, il n'y a pas d'humains, ici, non ?

< Non, et il n'y en aura pas avant soixante ou quatre-vingts millions d'années. Il n'y a même pas de singes, aucun de nos cousins, même les plus éloignés. Les seuls mammifères du coin sont les ancêtres du rat et de la musaraigne. >

J'ai souri.

– Si Marco était là, il ferait une ou deux remarques imbéciles sur le fait que toi, au moins, tu as de quoi te nourrir.

Tobias s'est mis à rire à son tour.

< Oui, et j'en profiterais bien ! >

– Au moins, tant qu'on reste près de la rivière, on ne manquera pas d'eau. Mais si c'étaient Cassie et Jake qui avaient allumé ce feu ? Il faut en avoir le cœur net. En plus, le soleil se couche. Ce feu nous serait bien utile, à nous aussi.

< Vas-y, a fait Tobias. On dirait que c'est à cinq kilomètres d'ici. Tu pourrais morphoser en aigle, voler jusqu'à là-bas, jeter un œil et revenir me chercher. >

— Mais oui, c'est ça. Et t'abandonner ici, sans défense, au milieu de nulle part.

Il m'a tenu tête un petit moment, disant que ça ne l'embêtait pas, et tout et tout. Mais j'ai tenu bon. Alors on est allés jusqu'à la rivière pour boire un bon coup. Ensuite, nous avons pris la direction du feu de camp. Le soleil déclinait déjà et on y voyait de moins en moins bien.

Les grandes herbes ont disparu petit à petit pour laisser place à une végétation moins haute. Et la forêt qui se trouvait sur notre gauche est devenue de moins en moins touffue. Nous traversions une plaine qui aurait pu être le terrain de chasse d'un groupe de lions. Mais il faudrait encore attendre des dizaines de millions d'années avant qu'ils fassent leur apparition.

— Des lions, ça ce sont des ennemis à ma portée, ai-je dit tout bas.

< Quoi ? >

– Rien, rien, je pense tout haut. Oh ! c'est pas vrai !

< Qu'est-ce qu'il y a ? >

– Il faut que je te pose par terre une minute.

Je l'ai déposé sur les herbes jaunies par le soleil et aussitôt je me suis débarrassée des insectes qui me grimpaient sur les pieds. Mes coupures avaient attiré les bestioles.

< Rachel, pourquoi ne m'as-tu rien dit sur l'état de tes pieds ? > a demandé Tobias.

J'ai haussé les épaules.

– Oh, ce n'est pas aussi grave que ça en a l'air. En plus, les herbes sont moins coupantes, ici.

< Il faut que tu te ménages, Rachel, ou alors, tu vas finir… >

Il s'était tu brusquement et il avait tourné sa tête de faucon à droite et à gauche.

– Qu'est-ce qu'il se passe ?

< J'entends quelque chose. Et ce doit être un animal très gros. >

En plus de leur vue exceptionnelle, les oiseaux de proie ont aussi une ouïe très très fine. Je me suis redressée, je l'ai pris dans mes mains et je l'ai soulevé très haut au-dessus de ma tête pour lui permettre de voir le mieux possible.

Mais, à dire vrai, je pouvais voir aussi bien que lui ce qu'il y avait à voir !

J'ai failli le laisser tomber.

Il y avait quatre, non cinq, créatures qui ressemblaient plus ou moins à des rhinocéros. Simplement, au lieu de ne posséder qu'une corne, ceux-là en avaient deux qui sortaient de la carapace crénelée qui leur entourait la tête.

– Même moi je connais ces dinosaures-là, ai-je annoncé. Ce sont des tricératops. Mais ils ne sont pas carnivores, pas vrai, il n'y a donc rien à craindre ?

< Non, ils ne sont pas dangereux, a acquiescé Tobias, mais ce que tu ne vois pas, c'est le groupe de deinonychus qui se prépare à les attaquer. Et eux, crois-moi, ils sont dangereux ! Mais je ne pense pas qu'ils soient assez nombreux pour tenter le coup. Les tricératops pourraient courir jusqu'à la rivière, entrer dans l'eau et se retourner pour faire face à leurs adversaires. Et les deinonychus en seraient pour leurs frais. >

Je n'ai pas demandé à Tobias comment il faisait pour avoir une si bonne analyse de la situation. C'était probablement dû au fait qu'il était lui-même prédateur. Deux fois prédateur, même : une première fois en tant que faucon, et une seconde en tant qu'humain. Le mélange de ses instincts de faucon et de son intelligence humaine lui permet de comprendre avec beaucoup de finesse la bataille pour la survie en milieu sauvage.

< C'est étrange : les deinonychus sont réputés pour leur ruse dans les attaques de troupeaux. Or ici... A moins que... >

Il a tourné la tête pour regarder derrière nous et a lâché une plainte.

< Les deinonychus ont marqué un point. On est fait comme des rats. Ils sont juste derrière nous. Ils avancent lentement pour prendre les tricératops à revers. >

— A ton avis, ils sont gros comment ?

< Ils ne sont pas énormes : à peu près un mètre cinquante de hauteur et trois mètres de long, en comptant la queue. >

— Pas de quoi en faire un plat. C'est la taille d'un jeune ado ou d'un homme plutôt petit.

< Ce n'est pas la bonne comparaison. Je dirais que c'est plutôt la taille d'un gros loup, mais d'un loup ultra-rapide et très très intelligent. >

Ils étaient désormais assez près pour que je puisse les distinguer avec mes yeux d'humain fatigués par le soleil. Je voyais des lézards grands comme des hommes qui avançaient en sautant sur leurs pattes puissantes. Leur peau caillouteuse avait la couleur d'un consommé d'asperges mélangé à celle d'une glace au café. N'allez pas croire que c'était la faim qui me faisait délirer !

Un coup de vent a ébouriffé mes cheveux et a porté notre odeur jusqu'aux narines des deinonychus. J'ai vu l'un d'eux s'arrêter, lever la tête et la tourner dans notre direction.

J'ai senti ses yeux qui me cherchaient. Et, je le jure, j'ai senti son regard glacial et noir plonger en moi.

– Hrrouuu ! Hrrouuu ! a hurlé le dinosaure.

Ils se sont tous mis à courir.

– Oh oh !

J'ai attrapé Tobias et j'ai détalé, oubliant mes pieds ensanglantés. C'était stupide. C'était comme si j'avais essayé de prendre un loup de vitesse.

< L'autre partie de la bande vient aussi vers nous ! > a hurlé Tobias.

Maintenant, ce n'étaient plus les gros tricératops qui étaient pris au piège par des deinonychus, c'était une proie beaucoup plus accessible !

CHAPITRE 13
CASSIE

– **P**lus vite... c'est bon... rajoute des herbes... pfouf, pfouuuufff !

Doucement, j'ai soufflé sur l'herbe sèche. Jake faisait tourner le tendon aussi vite qu'il pouvait et Marco maintenait un bout de bois à la verticale.

Il nous avait fallu pas mal de temps pour nous remémorer les trucs de boy-scouts et les conseils que nous avions entendus à la télé ou lus dans les livres.

Mais finalement, nous y étions arrivés. Nous avions commencé par prendre un morceau de bois bien plat que nous avions posé par terre. Ax y avait fait une petite entaille. Ensuite, nous avions pris une baguette de bois d'une trentaine de centimètres que Marco tenait verticalement, en utilisant des morceaux d'écorce pour se protéger les mains de la chaleur due au frottement.

Nous avions également fabriqué un arc en déroulant un tendon du tyrannosaure prélevé sur son pied, que nous avions enroulé en haut de la baguette. Ensuite, tout ce qu'il restait à faire, c'était de tirer l'arc d'avant en arrière à toute vitesse. La baguette tournait à toute allure dans la petite crénelure pratiquée dans la base et, lentement mais sûrement, la chaleur due à la friction a produit une petite braise.

J'ai ramassé une poignée d'herbes sèches, je me suis penchée en avant, le visage à quelques centimètres du bois. J'ai posé mes herbes, et je me suis remise à souffler, tout doucement.

L'herbe s'est ratatinée en craquant. J'ai soufflé plus fort. De nouveau, l'herbe a noirci, mais sans s'enflammer. Je commençais à perdre courage.

– Une flamme ! s'est exclamé Marco.

C'était vrai. Il y avait une flamme minuscule. J'ai rajouté des herbes, puis de toutes petites brindilles. Et le feu a commencé à prendre !

J'ai levé les yeux vers Jake et Marco. Ils avaient l'air tout heureux !

– Waouh ! ai-je murmuré, c'est la première fois qu'un feu ne prend pas naturellement. La toute première fois. Nous venons d'inventer le feu.

Ax s'est baissé très bas pour nous aider à ajouter des branches sur le brasier. C'était fascinant. La flamme devenait de plus en plus haute. Elle avait avalé toutes les herbes sèches et, maintenant elle s'attaquait aux branchages.

Je suis restée assise quelques instants, imprégnée de la solennité du moment, mais me sentant tout de même un peu idiote. C'était comme un rituel sacré : « l'homme créant le feu. »

« Eh bien ma fille, me suis-je dit en souriant, Rachel va être épatée. »

Mais non, Rachel n'était plus là.

Marco s'est éloigné et il est revenu en portant une longue branche. Il y avait embroché une douzaine de morceaux de viande prélevés sur le tyrannosaure. Il les a mis au-dessus du feu. La viande a commencé à cuire et on l'entendait grésiller. Quel fumet !

J'ai ramené mes pieds chaussés de sandales en peau de tyrannosaure sous moi. Sous les arbres, il faisait déjà assez sombre. Mais nous avions un feu, nous et la planète Terre.

Au moment où nous avions abandonné les restes du tyrannosaure, un groupe de dinosaures de petite taille se déplaçant sur deux pattes était apparu, à la recherche d'un dîner un peu tardif. Nous avions donc établi notre campement à la lisière de la plaine, à une cinquantaine de mètres de la forêt. Nous avions choisi cet endroit car il y avait un petit ruisseau qui coulait non loin de là et aussi parce que nous ne savions pas vraiment où nous serions le plus en sûreté, dans la forêt ou à découvert.

— Bon, qui se lance en premier ? a demandé Marco qui tenait ses morceaux de viande, on a le choix entre un steak à point ou un steak presque bleu.

Jake a pris un morceau et a mordu dedans avec quelques hésitations.

— Je t'en prie, ne me dis pas qu'on dirait du poulet.

Jake a réfléchi quelques secondes.

— Non, en fait, ça ressemble à du poisson, du poisson pas trop fort, ça rappelle l'espadon. Mais ce n'est pas assez salé.

Marco m'a lancé un regard étonné :

— Et depuis quand est-ce qu'il est expert en gastronomie ?

J'ai ri doucement. J'ai pris un morceau à mon tour, c'était délicieux. Mais il faut dire que je mourais de faim.

— Le premier repas cuisiné de toute l'histoire de

l'humanité, a observé Marco, et aussi la première critique gastronomique. Ax, mon pote, tu veux tremper ton sabot dans un morceau ? Ou bien, tu pourrais morphoser en humain et manger un bout ?

Les Andalites se nourrissent en absorbant l'herbe par leurs sabots tout en courant ou en marchant.

< Non, merci. J'ai déjà bien brouté. >

Il observait la plaine herbeuse. Pour cela, il utilisait ses yeux tentaculaires qui lui permettaient de regarder en même temps dans toutes les directions.

Le bleu du ciel se chargeait de nuances rouge et orange, et le soleil allait bientôt se coucher. Le gros astre écarlate, aux rondeurs imparfaites, s'est évanoui derrière une masse de nuages avant de disparaître soudainement derrière le volcan.

– C'est magnifique ! ai-je pensé tout haut.

– Et voici le premier humain à s'extasier devant un coucher de soleil, a renchéri Marco.

– Dis-moi, tu comptes continuer comme ça pendant combien de temps ? s'est moqué gentiment Jake.

Marco a fait un large sourire. Son visage était rouge, illuminé par les dernières lueurs du soleil.

– Et voici la première personne à se plaindre des bavardages de ses camarades.

– Et qu'est-ce qu'on va faire quand la nuit sera là ? ai-je demandé.

Jake a paru surpris.

– Je n'en sais rien. Tu nous as tellement bien guidés jusqu'à maintenant que je m'attendais à ce que tu nous le dises.

Est-ce qu'il m'en voulait d'avoir pris autant d'initiatives ? Non, je ne le crois pas.

– Tu sais, je ne suis pas un génie.

– Est-ce que le feu ne garde pas les animaux à distance ? a repris Marco.

– Non, pas toujours. En tout cas, pas tous les prédateurs. En Afrique, les lions mangeurs d'hommes et les léopards pénètrent dans les villages, entrent dans les huttes et emportent leurs habitants. Dans les prairies, comme ici, il n'est pas rare que la foudre allume des feux. Il est possible que certains prédateurs aient appris à utiliser le feu pour rabattre leurs proies.

– Le premier exemple des conséquences déprimantes d'un trop grand flot d'informations, a commenté Marco.

– Mais nous avons nos propres armes, ai-je ajouté.

Jake a poursuivi :

– Oui, c'est vrai. Trois pieux bien taillés, sans compter la queue d'Ax. Si on allume des torches, on pourra certainement tenir à l'écart les prédateurs les plus petits.

J'ai eu froid tout à coup et je me suis rapprochée du feu qui maintenant brûlait bien. J'ai imaginé un énorme tyrannosaure s'approchant subitement, rouge et or dans la lueur des flammes, sa large mâchoire grande ouverte, les yeux exhorbités par la faim… et j'ai inspiré très profondément.

Je ne suis pas Rachel, je suis incapable d'écarter tout sentiment de peur d'un simple claquement de doigts. Si elle avait été là, elle aurait clamé qu'elle lui aurait bien botté les fesses, à cet oiseau de malheur. Bien sûr, on aurait tous compris que ce n'était que de la vantardise, mais ça nous aurait quand même rassurés.

— Très bien, a repris Jake, on va faire des tours de garde. L'horloge interne d'Ax débloque légèrement, mais il pourra nous dire approximativement quand deux heures se seront écoulées et nous réveiller. Il y en aura toujours deux d'entre nous qui resteront éveillés et qui surveilleront les alentours en se postant loin du feu. Comme ça, leurs yeux seront habitués à l'obscurité et ils verront mieux.

— Bien vu, a admis Marco, comme ça on sera deux

à hurler. On est bon pour servir de déjeuner au premier tyrannosaure qui se pointera.

– Et si un prédateur se montre, qu'est-ce qu'on fait ? ai-je demandé.

Jake a réfléchi un moment.

– Je crois que je suis celui d'entre nous qui possède l'animorphe la plus efficace. Si on nous attaque, je morphoserai en tigre et Ax utilisera sa queue pour se battre. Cassie et Marco, vous, vous prendrez vos armes. Tous les trois, vous essaierez de tenir à distance le… la bestiole qui se montrera jusqu'à ce que j'aie fini de morphoser. Un Andalite et un tigre réunis devraient suffire. Ensuite, Marco et Cassie, vous morphoserez à votre tour. Mais pour pouvoir vous enfuir, et non pour vous battre.

– Tu veux que Cassie et moi, on agite nos bâtons devant un gros tyrannosaure, a fait Marco, plutôt sceptique, pendant que toi, tu seras en train de morphoser, incapable de te défendre ?

– Tu as une meilleure idée ?

Jake avait l'air irrité.

– Bien sûr. Si Mister T-Rex pointe sa frimousse, on se mettra à hurler et à pleurer comme des madeleines jusqu'à ce qu'il nous avale tout cru.

Jake a esquissé une grimace, puis il a consenti à sourire. Et j'ai souri à mon tour. C'était loin d'être drôle mais, quelquefois, la peur et la fatigue combinées vous font rire de n'importe quoi.

– Bon, Ax et Cassie, vous prenez le premier tour de garde. Marco et moi, on va essayer de dormir.

– Au moins, je ne ferai pas de cauchemar, a ajouté Marco, j'en vis déjà un !

Jake et Marco se sont tus. Je ne suis pas certaine qu'ils aient réussi à fermer l'œil. Je me suis mise dos au feu et j'ai scruté l'horizon qui s'assombrissait à une vitesse ahurissante. Déjà, la nuit apparaissait à l'est, repoussant les derniers rayons rougeoyants du soleil.

C'est alors que je l'ai vue. Comme si, d'un coup de pinceau, quelqu'un avait tracé une traînée lumineuse dans le ciel.

– Ax, ai-je fait tout bas, c'était bien une comète ?

< Oui. C'est un spectacle magnifique. >

– Même pour toi ? Tu dois avoir l'habitude d'en voir, dans l'espace ?

< C'est quand elles sont près d'une étoile qu'elles sont les plus belles. Plus elles s'approchent d'une étoile ou du soleil, plus leur queue est longue. >

– On dirait qu'elle est très proche.

< C'est possible. Ou elle passe près de nous, ou elle est immense. Les gens de chez moi, il y a évidemment bien longtemps de cela, disaient que les comètes étaient de mauvais présages. >

Ces mots m'ont surpris.

– Vraiment ? Il y a la même croyance chez les humains.

Le ciel était tout noir. C'était une nuit sans lune et la lumière des étoiles était trop faible pour éclairer le sol autour de nous. Le feu était devenu minuscule.

– Ax, tu as peur ?

< Oui. >

– Moi aussi.

Je sentais le bâton dans ma main et le feu dans mon dos. Petit Homo sapiens frêle et sans défense, je faisais face aux terreurs de la nuit.

CHAPITRE 14
TOBIAS

Il s'agissait bien de deinonychus, j'en étais presque sûr. Presque, car mes souvenirs étaient malgré tout assez vagues. Et puis, voir des dinosaures dans des livres, ce n'est pas la même chose que de les avoir en face de soi !

Ils nous pourchassaient, telle une meute de loups. Ils ne se pressaient pas, certainement parce que nous étions une proie à laquelle ils n'étaient pas habitués. Imaginez ! Une étrange créature qui se déplaçait sur deux jambes et qui portait un gros oiseau !

Oui, de la viande inconnue.

Rachel courait vers l'endroit où nous avions repéré le feu de camp avant que le crépuscule ne fasse disparaître la fumée dans la nuit. Elle semblait parvenir de la lisière de la plaine qui s'étendait devant nous. Elle courait et moi j'observais les deinonychus à nos trousses. Mon regard aussi était celui d'un prédateur. Est-ce qu'ils communiquaient entre eux ? On aurait dit que les deux bandes avançaient au même rythme.

Nous formions un triangle : un premier groupe à l'ouest, derrière nous, le second à notre hauteur, mais plus à l'est, et nous, qui courions vers le nord. En virant légèrement sur la gauche, on atteindrait le bord de la clairière. Mais est-ce que c'était ce qu'il y avait de mieux à faire ?

< Rachel, va vers la forêt. >

– Pourquoi ? a-t-elle demandé, haletante.

Rachel a une bonne condition physique, mais ce n'est pas facile de courir nu-pieds tout en portant un faucon.

< Ils chassent en bande. J'ai l'impression que chaque groupe s'observe et avance en fonction de ce que fait l'autre. Et comme la lumière a baissé, sous les arbres, ils ne pourront plus se voir. >

Rachel n'a rien dit, mais elle a légèrement modifié sa trajectoire vers la gauche. En direction des arbres.

J'ai tourné mes yeux de faucon vers le groupe placé à l'ouest. Ils avaient accéléré !

Un coup d'œil à l'est. Ce groupe-là aussi avançait plus vite, mais il n'avait fait que suivre le premier.

< C'est bien ce que je pensais. Le chef de la meute se trouve dans le groupe qui est à l'ouest. Je crois l'avoir repéré. Il a un bout de queue en moins. >

Les deinonychus avaient tous accélérés leur allure. Et ils étaient très rapides ! Ils étaient si près maintenant que je pouvais voir leur chef avec précision : il avait une peau de lézard caillouteuse, il balançait sa queue pour équilibrer sa course et un regard placide éclairait son visage rusé.

Il était d'une puissance formidable. Il n'était pas plus grand qu'un homme de petite taille ou qu'un adolescent précoce. Mais ses mâchoires pouvaient trancher une tête humaine. Ses pattes avant étaient légèrement plus larges que celles d'un tyrannosaure, terminées par des griffes terribles et incurvées. Mais c'étaient ses pattes arrière qui étaient les plus dangereuses. On aurait dit des serres, pas très différentes des miennes. Mais s'y ajoutait une griffe tournée vers le haut, longue d'une dizaine de centimètres. Elle me rappelait la lame caudale que possédait Ax. Une griffe pareille, envoyée par une patte aussi puissante, aurait pu transpercer une porte de voiture.

< On arrivera à la forêt avant eux. Mais ensuite il faudra agir vite. Il va falloir se séparer. >

– Pas question !

Elle devait penser que je voulais me sacrifier.

< Écoute-moi bien, Rachel. C'est après toi qu'ils en ont, et non après moi. J'ai un plan. >

Elle n'a rien dit. Elle était à bout de souffle. J'entendais son cœur qui battait à tout rompre.

Les arbres, enfin ! Je me suis rendu compte tout à coup qu'il était déjà tard. Là-bas, dans la plaine, le soleil se couchait en dardant ses derniers rayons écarlates, mais sous les arbres, c'était la nuit noire.

< Arrête-toi ici. >

Rachel s'est arrêtée. Elle m'a déposé sur un lit de feuilles mortes. Elle s'est pliée en deux, les mains posées sur les genoux et elle a commencé à vomir : c'était la fatigue. Cette odeur forte et inhabituelle attirerait sans aucun doute les deinonychus jusqu'ici.

< Bon. Je ne peux pas voler, mais je peux quand même m'accrocher. Je veux que tu m'aides à monter à cet arbre, jusqu'à cette branche… là… >

– Mais… mais…

< Ne discute pas, Rachel. Fais ce que je te dis. Ensuite, tu courras et tu morphoseras en ours. Ce sera toujours ça de gagné. >

J'ai ajouté, en me parlant à moi-même : « En plus,

tu ne veux certainement pas mourir sans être capable de te défendre. En tant qu'humain, tu te ferais tout simplement broyer. Tu serais croquée vive. Si tu es en ours, il faudra d'abord qu'ils se battent. »

Rachel s'est remise sur ses pieds. Elle s'est penchée à nouveau, prise de crampes. Elle a grimacé de douleur. Ses pieds étaient en sang, elle était épuisée, mais pas encore battue. Quand elle a levé les yeux sur moi, il y avait encore des traces de Rachel la gagnante dans son regard.

< Il faut y aller, ils seront là d'une minute à l'autre. >

– D'accord.

Elle s'est baissée et m'a prise dans ses mains. Tel un basketteur sur le point de faire un panier, elle m'a envoyé en l'air. Mais pas assez haut. J'ai raté la branche et, instinctivement, j'ai battu des ailes. Ce qui a provoqué une vive douleur, vraiment très très vive ! Je me suis écrasé sur le sol.

– Je n'y arriverai jamais !

< Si, recommence. >

Elle m'a attrapé de nouveau et, cette fois, elle s'est appliquée autant qu'elle a pu. La branche ! Juste devant moi. J'ai utilisé mon aile encore valide, je me suis maintenu dans les airs et je me suis finalement agrippé. Parfaitement. J'ai utilisé les serres de mes pattes et j'ai tenu bon.

< Sauve-toi, maintenant, sauve-toi. >

Elle est partie en courant. Ou plutôt, elle s'est éloignée en trébuchant et en perdant son équilibre à chaque pas.

J'ai attendu. j'ai attendu en essayant de ne pas penser à ce qui arriverait à Rachel si tout ne se passait pas comme je l'avais prévu.

La branche sur laquelle j'étais perché était à deux mètres du sol. Je me sentais totalement sans défense : j'étais un oiseau qui ne pouvait pas voler, et il n'y a rien de plus vulnérable qu'un oiseau à l'aile cassée.

J'ai serré ma branche encore plus fort. J'ai entendu du bruit : des pattes griffues qui avançaient à toute allure. Un deinonychus est apparu. Il manquait une trentaine de centimètres à sa queue : le chef de la meute !

– Hiiiiiiiiiiisssss !

Il s'est figé sur place. Il a observé les déchets de Rachel, mais il n'est pas passé sous ma branche. Un autre deinonychus est apparu. Celui-là s'est avancé plus près et a commencé à renifler, apparemment étonné. Le long de son dos, il avait une vilaine cicatrice que je voyais clairement.

Le deinonychus à la queue tranchée s'est éloigné. Celui avec la cicatrice s'est placé exactement sous ma branche. Sa tête n'était qu'à quelques dizaines de centimètres de moi.

Maintenant !

Je me suis laissé tomber, serres en avant. Je les ai enfoncées dans la peau du reptile, tout prêt de son ancienne cicatrice.

– Hrrrroooohhh !

Le deinonychus a tourné la tête pour me voir. Il a ouvert sa gueule aux dents incroyablement grandes.

J'ai failli lâcher prise. J'ai dû lutter pour ne pas m'envoler, même avec une aile cassée.

« Concentre-toi, Tobias », me suis-je dit. J'ai essayé d'oublier ma peur. Je m'accrochais de toutes mes forces. J'ai concentré toutes mes pensées sur le dinosaure.

On avait beau être soixante-cinq, voire soixante-dix millions d'années avant notre ère, l'ADN était toujours l'ADN.

CHAPITRE 15
TOBIAS

L'ADN du deinonychus est entré en moi. Le dinosaure est devenu calme et inerte, comme c'est souvent le cas lorsqu'on acquiert un animal.

Lorsque j'ai eu fini, il s'est tout bonnement éloigné, comme s'il avait oublié ce qui s'était passé.

Je suis resté là, proie sans défense, par terre dans la forêt. C'est alors que j'ai entendu un rugissement. Mais ce n'était pas un rugissement de saurien, mais un rugissement qui sortait des poumons puissants d'un gros mammifère.

Rachel !

Je me suis concentré de nouveau. Je me suis représenté mentalement le deinonychus et, d'abord de manière imperceptible, puis ensuite de façon plus rapide, j'ai senti des changements qui commençaient à s'opérer en moi.

« Tiens bon, Tobias, reste concentré ! » ai-je pensé.

C'était une animorphe nouvelle ; il fallait que je maî-trise les instincts du deinonychus.

Mes plumes ont commencé à se raidir et à durcir, comme si quelqu'un les enduisait de ciment. La forme des ailes n'a pas disparu tout de suite, mais elles étaient comme collées. Peu après, elles ont fondu en une masse indistincte. Mon bec s'est allongé, encore et encore, et les bords sont devenus dentelés comme une scie. Et, une à une, des dents pointues ont poussé pour former une mâchoire de deinonychus.

Pendant tout ce temps, je m'étais mis à grossir de plus en plus. Ma taille est passée d'une trentaine de centimètres à environ un mètre cinquante.

Les plumes de ma queue se sont entortillées et se sont enroulées sur elles-mêmes avant de durcir et de s'allonger d'une façon incroyable.

Sur tout mon corps, je sentais mes muscles se rai-dir et s'allonger, des kilos de muscles sur des os qui devenaient de plus en plus gros.

J'ai bondi sur des pattes qu'on aurait dit montées sur ressorts. Mes serres ont perdu de leur finesse mais ont gagné en férocité. J'ai découvert que je pouvais faire bouger à volonté ma griffe énorme de tueur. Oui, c'est comme ça que je devrais courir, avec la griffe en l'air, afin qu'aucun obstacle ne vienne l'émousser.

J'étais fou de cette griffe ! Je la voyais éventrant… non, non, déjà les instincts du dinosaure luttaient pour prendre le contrôle de mon propre esprit.

Mais ça n'arriverait pas. Il ne fallait pas que ça arrive, Rachel avait trop besoin de moi.

Mais quelle puissance incroyable ! Chaque cellule de mon corps était devenue pure énergie.

Ma vision devenait moins perçante. Mais ce n'était pas vraiment pire que la vision humaine, plutôt mieux même si l'on considère que je pouvais voir dans le noir. Mon ouïe aussi est devenue moins fine, mais la perte n'était pas très importante. Et pour compenser tout ça, mon odorat s'était beaucoup développé.

Quoi ? Quelle était cette odeur ?

Je me suis levé et j'ai reniflé l'air.

Rouarrrhhhh !

Un cri rauque et profond avait retenti.

Hiisss ! Hiiisss !

Ce cri-là m'était plus familier. Il s'agissait de celui de mes congénères.

La chasse avait commencé ! La meute avait acculé sa proie. Il fallait que je me dépêche ou tous les bons morceaux m'échapperaient, et il ne me resterait plus que la charogne.

Salivant déjà, j'ai sauté en avant, fonçant à travers le sous-bois pour rejoindre la meute.

CHAPITRE 16

JAKE

Quand je me suis réveillé, il faisait nuit noire. Le côté de mon corps qui était face au feu était brûlant, tandis que l'autre était glacé. J'ai entendu le clapotis du ruisseau. J'avais rêvé que j'étais de retour chez moi. J'étais en train de prendre le petit déjeuner avec mes parents et je mangeais des céréales en forme de dinosaures.

Je ne voulais pas penser à mes parents. Ça me rendait malade d'imaginer ce qu'ils devaient endurer en ce moment.

– Tu as vu quelque chose ?

– Aaaahh ! Bon sang, tu m'as fait une de ces peurs ! a sursauté Cassie.

Marco geignait dans son sommeil.

Je me suis frotté les yeux. J'avais du mal à croire que j'avais pu dormir. Et pourtant...

– Comment ça va, Ax ?

< Je vais bien. Je maîtrise de nouveau parfaitement mon horloge interne. Cela prend un certain temps de calculer la vitesse de rotation d'une planète et la vitesse de rotation actuelle de la Terre est différente de celle de notre époque. >

– J'ai dormi combien de temps ?

< Je dirais une heure et cinquante-deux minutes, selon les données de cette planète. >

Il s'est rapproché et a jeté une autre bûche dans le feu.

J'ai déplié ma jambe et j'ai secoué Marco. Il a de nouveau râlé.

Il s'est assis et il a dit :

– Ah, ce n'était pas un rêve, alors. C'est bien dommage.

– Cassie, Ax et toi, vous pourriez…

Je me suis interrompu. J'avais regardé le ciel.

– Qu'est-ce que c'est que ça ?

– C'est la comète, a répondu Cassie. C'est magnifique, non ?

– Oui. On dirait qu'elle est tout près de nous.

J'ai admiré la traînée de poudre paillettée qui suivait la boule brillante.

< Oui, elle est proche, en effet. Et elle s'est beaucoup rapprochée depuis ces trois dernières heures. >

J'ai regardé Ax. Sa silhouette se détachait dans la nuit étoilée, c'était une ombre surmontée d'yeux tentaculaires en perpétuel mouvement.

– Elle va pas nous tomber dessus, quand même ? ai-je dit, en faisant mine de plaisanter.

< Je ne crois pas. Pour commencer, il y a très peu de chances qu'une comète vienne s'écraser contre une planète. Disons, une chance sur un million. D'autant plus que la Terre n'est pas assez grosse pour exercer une attraction suffisante. En outre, la comète est maintenant très proche et se déplace très très vite, et j'ai donc pu observer grossièrement sa trajectoire. Elle va passer près de nous, certes, mais à une distance équivalente à… je dirais une fois ou deux fois le diamètre de la Terre. Donc, il n'y a rien à craindre. >

– Quel soulagement ! s'est exclamé Marco, je ne voudrais pas être tué par une comète et que les dinosaures soient privés de ma bonne chair bien fraîche pour le dîner !

– Vous deux, c'est à votre tour de dormir, ai-je fait en m'adressant à Ax et à Cassie. Marco et moi allons prendre la relève. Mais avant ça, il faudrait que... hum... j'ai besoin d'aller me dégourdir les jambes.

Je me suis éloigné de la chaleur réconfortante du brasier pour plonger dans les ténèbres. Je n'avais fait que quelques mètres, et déjà le feu semblait à des années-lumière ! Il faisait si noir. J'ai regardé derrière moi et on aurait dit que le feu et la comète flottaient tous les deux dans l'espace.

J'ai fait ce que j'avais à faire et c'est alors que je l'ai vu. Un éclair ! Un éclair de lumière ! Au nord, bas sur l'horizon. C'était peut-être une météorite ? ou une étoile ?

Non, la lumière était encore là, mais avait diminué d'intensité. Ce n'était plus maintenant qu'un point rouge lumineux.

J'ai couru rejoindre les autres.

– Regardez, là-bas, au nord. Est-ce que...

Un autre éclair, si violent qu'on aurait dit que le soleil explosait ! Très haut, au-dessus de nos têtes.

Pendant une demi-seconde, l'éclair a illuminé tout le paysage. Ça n'avait pas duré longtemps, mais assez pour que j'aperçoive un troupeau gigantesque ! Des créatures énormes avec des pattes aussi larges que des troncs d'arbres ! Elles avaient des cous très très longs et une queue tout aussi délirante. Il était impossible d'évaluer leur taille exacte, mais elles étaient quatre ou cinq fois plus grandes que moi et mesuraient bien dix mètres de longueur, de la tête à la queue.

J'en avais vu au moins une dizaine qui approchait en suivant le lit du ruisseau.

Pendant cette fraction de seconde, ces dinosaures immenses avaient eux aussi eu le temps de repérer le tyrannosaure qui, tel un monstre dans la nuit, était lancé à leurs trousses.

Boum ! Boum ! Boum !

Les gros dinosaures se sont mis à courir, pris de panique. Et ils se dirigeaient droit sur nous !

– C'était quoi, cet éclair ? a demandé Cassie alors que je rejoignais le campement à toute allure.

– Courez ! Courez ! ai-je fait en guise de réponse, ils arrivent !

– Quoi ils arrivent ? Tu te crois dans un western ? a fait Marco, incrédule.

– Allez-y, pas de discussion.

Boum ! Boum ! Boum ! Boum ! Boum !

On se serait cru au milieu d'un cataclysme, le plus affreux de toute l'histoire de l'humanité. Des créatures, cinq fois plus grosses que des éléphants, fonçaient droit sur nous, et chacun de leur pas faisait trembler le sol.

– Traversez le ruisseau !

– Où est-il ?

– Mais quel ruisseau ?

– Suivez-moi.

J'ai couru en avant, en m'assurant que Cassie et Marco étaient derrière moi. Quant à Ax, je n'avais pas à m'inquiéter pour lui. Il était beaucoup plus rapide que nous tous.

Les pas se rapprochaient. Ils nous encerclaient. J'ai vu une masse énorme tout près de moi qui obstruait les étoiles. Le troupeau, complètement paniqué, nous encerclait.

Hrrrrrrouaaaaarrrrr !

Je tremblais de tous mes membres. J'ai trébuché et j'ai heurté le sol violemment. J'en ai perdu la respiration.

Une patte armée de serres est venue se poser à quelques centimètres de ma tête. J'ai roulé par terre et je me suis cogné la tête contre un tronc d'arbre. Non, pas un tronc d'arbre, mais contre la patte d'un de ces longs dinosaures !

Sccrrrriiiiicchhh ! L'animal, terrifié, s'était mis à hurler en voyant le tyrannosaure se pencher en avant. J'ai vu les dents du monstre scintiller à la lumière de la lune et son œil jaune qui luisait. Ensuite, j'ai entendu sa mâchoire se refermer.

Tout le temps qu'a duré la lutte avec le dinosaure au long cou, je me trouvais sous lui. Si je m'étais levé, ma tête aurait à peine atteint la hauteur de son estomac. Ses pattes, grosses comme des troncs d'arbres, s'agitaient furieusement autour de moi. Les deux bêtes n'arrêtaient pas de pousser des rugissements, de hurler, exprimant soit leur rage, soit leur peur panique.

J'ai mis les mains sur mes oreilles et j'ai hurlé moi aussi. Au-dessus de moi, des géants se battaient. Je ne voyais rien, excepté une ombre gigantesque qui obscurcissait le ciel et la silhouette à peine visible d'une créature aussi grosse qu'une baleine. J'étais comme un cafard pourchassé par une massue. Je sentais les vibrations du sol mais je ne pouvais même pas voir les pattes qui dansaient ce ballet étrange et qui risquaient à tout instant de m'écraser comme une crêpe. Je me suis roulé en boule, j'ai rentré la tête. Je tremblais comme une feuille.

Morphoser pour lutter contre ces titans ? Mais en quoi ? Je n'appartenais pas à ce monde-là, et pas une de mes animorphes n'aurait fait le poids.

Sccccccrrrrriiiich ! Sccrrriiiiicchhh !

Hrrrrooouuuuuaaaahhhh !

Le grand dinosaure a poussé un dernier cri : il était à l'agonie.

Le tyrannosaure avait gagné et le dinosaure allait bientôt pousser son dernier soupir. Il n'y avait plus rien à faire. Encore une seconde, et il s'écroulerait... sur moi.

CHAPITRE 17
RACHEL

Ils m'encerclaient de toute part. Ils étaient peut-être une dizaine. Tobias avait dit qu'il s'agissait de deinonychus. Ils m'entouraient à la manière d'une meute de loups.

Ils n'étaient pas très grands. Moins grands en tout cas que le grizzly que j'étais devenue. Trois petits mètres séparaient leur gueule menaçante de leur queue rigide. Mais ils étaient dangereux. Même avec mes yeux d'ours, je voyais distinctement leurs griffes acérées comme des faucilles, prêtes à déchirer la chair, et leurs dents aussi coupantes que des scies.

Moi aussi, j'avais des armes à ma disposition. Dans mes pattes et mes épaules, j'avais assez de force pour renverser une grosse voiture. Et moi aussi, j'avais des griffes puissantes et des crocs menaçants. Mais je ne me faisais pas d'illusion : je savais que mon seul espoir était que les deinonychus soient désorientés devant une proie qui leur était inconnue.

Peut-être que la meute prendrait peur, ou peut-être qu'ils n'apprécieraient pas l'odeur du grizzly.

Je me demandais si tout allait bien pour Tobias, là-haut sur son arbre. En tout cas, je l'espérais.

Leur chef, le deinonychus à la queue coupée, a fait un pas en avant.

Hhhhrrooorrraaaahhhh!

J'ai rugi et me suis mis debout sur mes pattes arrière, histoire de les impressionner du haut de mes deux mètres et des poussières. Dans le monde d'où je viens, il n'existe aucun prédateur terrestre qui soit aussi grand et aussi puissant qu'un grizzly. Mais j'étais dans un monde tout à fait différent dans lequel le mot « grand » prenait un tout autre sens.

Je savais que ces deinonychus vivaient sur le même territoire que le tyrannosaure et probablement qu'une douzaine d'autres grands lézards, tout aussi dangereux. Et ils s'accommodaient de ce voisinage, alors comment, moi, pourrais-je bien les impressionner ?

Le chef a baissé la tête et m'a écouté rugir. Il avait les yeux fixés sur moi et semblait évaluer la situation, l'air étonné.

Tout à coup, deux bestioles ont fait un bond en avant.

Hhhhhrrrooorrraaaahh !

J'ai poussé un nouveau cri et, de toutes mes forces, j'ai lancé en avant mon énorme patte. J'ai eu de la chance : mes griffes se sont enfoncées dans le cou du deinonychus qui s'était approché le plus près, et la bête s'est écroulé.

Sans que j'aie pu déterminer s'ils s'étaient donné le mot, la meute a reculé d'un seul coup.

Le chef a reniflé dans ma direction puis il a humé le corps de son compagnon qui ne bougeait plus. Ses yeux intelligents réfléchissaient.

Cette fois-ci, j'ai entendu leur signal : on aurait dit le petit cri d'un oiseau.

Niip ! Niip !

La meute s'est rapprochée de nouveau. Ils étaient si précis, si bien coordonnés qu'on aurait dit qu'ils avaient répété. Ils ne se sauvaient pas, ils n'avaient pas abandonné. Bien au contraire, ils préparaient une attaque en règle.

Ils avaient évalué les risques, ce qui signifiait que, cette fois, ils iraient jusqu'au bout, jusqu'à ce qu'ils m'aient vaincue et qu'ils me dévorent.

Mais quelque chose n'allait pas; je le lisais clairement dans les yeux de leur chef. Il regardait fixement un deinonychus qui venait d'arriver.

Ce dernier s'est détaché de la meute et m'a reniflé en restant à une distance respectable. Et soudain, sans aucun avertissement, il a sauté !

De sa patte gauche, il m'a frappé la poitrine et y a laissé une entaille d'une cinquantaine de centimètres. Aucun organe vital n'avait été touché, mais je souffrais atrocement.

Hhhhrroooaaarr !

J'ai poussé un hurlement, mais il a été couvert par un autre : le chef de la meute, furieux, ne semblait pas apprécier l'impertinence du nouveau venu qui a fait un bond en arrière et qui s'est retourné pour lui faire face.

Les deux deinonychus, fous de rage, allaient s'affronter. Oui, c'était ça, il le défiait ! Le nouvel arrivé avait ignoré le chef et il avait attaqué seul, ce qui revenait à attaquer son autorité.

Le chef a poussé un cri aux accents sinistres. Il a mis sa queue bien droite, tandis que le provocateur levait les pattes, prêt à se battre.

C'est seulement à ce moment que j'ai vu les petits

morceaux de tissu : les morceaux que j'avais déchirés de ma tenue pour tenir l'attelle de Tobias.

< Tobias ! >

C'était Tobias, c'était sûr. Mais il m'avait attaquée...

J'ai compris ce qui s'était passé : Tobias avait acquis l'ADN du deinonychus et avait morphosé. Mais en faisant ça, il avait perdu le contrôle de lui-même, il s'était laissé submerger par les instincts du deinonychus.

Et maintenant, il était sur le point d'affronter le chef de la meute, afin de déterminer qui était vraiment le patron et à qui reviendrait le soin de me détruire.

Doucement, précautionneusement, les deux ennemis s'observaient en décrivant des cercles.

< Tobias, écoute-moi ! Tu as morphosé en dinosaure et tu n'es plus maître de ton esprit. Ça arrive, quelquefois. Il faut que... >

Le chef de la meute avait bondi ! Il a atterri, pattes en avant, gueule grande ouverte, à l'endroit même où Tobias se trouvait une demi-seconde auparavant. Mais Tobias avait fait un petit saut sur la gauche, puis il s'était tapi sur le sol pour prendre l'autre par surprise.

Ccccrrrrr !

Scrreeeee !

Le chef a bondi en arrière, sous le choc. Un bout de chair avait été arraché, sur son flan gauche.

Tobias s'est mis de nouveau à décrire des cercles, la queue aussi raide qu'un poteau.

Maintenant, le chef se montrait plus prudent. Il attendait que Tobias attaque le premier, et il n'a pas eu à attendre longtemps. Tobias a foncé sur lui et, en un éclair, l'autre a sauté en l'air. En passant, il a planté ses serres terribles en plein dans la tête de son ennemi.

Slash !

Scrreeeee !

Tobias est tombé en arrière. Sa blessure saignait abondamment. Le chef de meute s'apprêtait à attaquer de nouveau. Tobias a reculé, apparemment pris de panique.

Hrrrooooaaaahhh !

Le chef de meute a poussé un cri de triomphe. Il a sauté.

Il avait crié victoire trop vite ! Déjà Tobias était sous lui, déchirant son ventre avec ses pattes avant. Puis il a refermé sa mâchoire sur la poitrine du deinonychus.

Ce dernier a hurlé et s'est débattu. Mais les crocs de Tobias restaient fermement plantés : c'était fini pour lui.

Tobias s'est redressé et a lancé un cri de défi.

Hreeeeee ! Hreeeee !

Il regardait le reste de la meute qui, elle, regardait son chef déchu. Puis les dinosaures ont levé les yeux sur Tobias. Un par un, tels des chevaliers déposant leurs armes aux pieds du vainqueur, ils se sont baissés jusqu'au sol en signe de soumission.

Tobias s'est retourné. C'est à moi qu'il en voulait, maintenant.

< Tobias, c'est moi, Rachel. Écoute-moi, je suis Rachel. >

J'avais une patte sur ma blessure, pour l'empêcher de saigner. La douleur était intense, mais ma peur l'était encore plus. Il y avait une telle férocité dans le regard de Tobias !

< Tobias, tu es un être humain. Il faut que tu te ressaisisses ! >

Il s'est approché un peu plus. Il était affamé. Les autres aussi se sont avancés, juste derrière lui.

< Tobias, écoute-moi. Tu es un être humain. Et moi je suis Rachel, ton amie. Tu es un être humain. Tu dois… >

Non, je comprenais pourquoi il ne m'écoutait pas.

< Tobias, tu es un faucon. Un faucon à queue

rousse. Tu te rappelles ? Pense à tes ailes, tu te souviens comme tu voles, comme tu planes sur les courants d'air chauds, dans le ciel ? >

Sa mâchoire terrible n'était plus qu'à quelques
centimètres. Il s'est arrêté soudain et a penché la
tête. Puis, son corps tout entier a semblé pris de
tremblements.

< Rachel ? >

CHAPITRE 18

JAKE

Il s'est écroulé. C'était comme si le bonhomme Michelin m'était tombé dessus. Mais en plus gros, en beaucoup plus gros.

Je ne voyais rien, mais j'ai senti un souffle d'air quand la bête s'est affalée. J'ai roulé sur le côté.

Bbooommmmpf !

– Ahhhhhh !

J'étais coincé. Mes jambes étaient prises sous l'estomac du dinosaure au long cou. Seulement le bas de mes jambes, je n'avais rien de cassé. Mais quand j'ai essayé de me dégager, j'ai compris que j'étais prisonnier.

– Jake ! a crié Cassie, où es-tu ?

Je voulais lui dire de se taire et de se sauver, mais une autre partie de moi-même aurait bien voulu qu'elle vienne m'aider.

Je tremblais. Littéralement. Comme si j'avais de la fièvre. Et je ne pouvais pas m'arrêter.

Ccrrrrr !

Le tyrannosaure mangeait avec un appétit féroce. Il n'était qu'à une cinquantaine de centimètres de moi. Il a dû tomber sur un morceau un peu dur car il a donné un coup sec, assez puissant pour soulever le dinosaure une petite seconde.

Ouf ! J'avais pu me dégager.

J'ai roulé et je me suis redressé.

Boum ! De nouveau, j'étais par terre. Mes jambes étaient toutes molles d'avoir été écrasées comme ça. Je pouvais les bouger, mais…

J'ai vu tout à coup des dents étincelantes tout autour de moi. Rien à faire ! Je me suis roulé en boule.

– Oh mon Dieu ! ai-je crié.

Le tyrannosaure a refermé sa mâchoire sur moi. Je me suis pelotonné du mieux que j'ai pu, mais les dents de la bête ont entaillé mon épaule gauche. Je n'avais pas assez de place ! J'ai déplié mes jambes engourdies et je les ai enfoncées dans la gorge du tyrannosaure.

J'étais prisonnier dans la gueule d'une de ces créatures. L'air était vicié et j'étais recouvert de sa salive poisseuse. Affamée, impatiente, la bestiole essayait de me pousser au fond de sa gorge avec sa langue. Elle a fermé sa gueule et m'a écrasé la poitrine. J'ai empoigné cette langue et j'ai refermé mes doigts sur cette chose rugueuse et humide en essayant de me concentrer avec ce qui me restait de mon cerveau terrifié, prêt à éclater.

Je n'étais même pas certain d'avoir acquis l'ADN de l'animal quand j'ai tenté de morphoser. Je faisais tout en même temps : je m'emparais de l'ADN et je morphosais, tout en hurlant de terreur.

Mais je me suis mis à grossir. Il fallait que je m'écarte des dents du tyrannosaure ou, sans ça, elles me tailleraient en pièces. Je me suis glissé dans sa gorge. Maintenant, c'étaient les muscles puissants de son gosier qui m'écrasaient les jambes. Mais je continuais à morphoser.

Le tyrannosaure a compris qu'il se passait quelque chose, qu'il avait avalé un truc bizarre. Il a toussé et a eu des haut-le-cœur, des spasmes, et je me suis senti poussé vers l'extérieur.

Floump ! J'ai atterri sur l'estomac du dinosaure au long cou. J'ai essayé de m'accrocher, mais en vain. Il faut dire que je n'avais plus de mains.

J'ai roulé sur le sol, jusqu'aux pieds du tyrannosaure. J'étais complètement à sa merci.

Mais le terrible monstre n'était plus en mesure d'attaquer. Il ne se sentait pas très bien. Je ne sais pas si j'avais abîmé quelque chose à l'intérieur de sa carcasse, mais, en tout cas, il a fait quatre ou cinq pas et il s'est écroulé. Il s'est assis tout d'abord sur sa queue, puis il est tombé sur le côté en poussant des râles.

J'étais étendu, haletant. Je ne savais plus trop quelle forme j'avais, mais je m'en fichais pas mal. J'étais vivant !

J'ai essayé d'ouvrir la bouche : impossible de parler. Alors, j'ai démorphosé et j'ai appelé :

– Cassie ! Marco ! Ax !

– Jake ? C'est toi ?

La voix de Cassie a percé les ténèbres. Il nous a fallu quelques instants pour nous retrouver, à la faible lueur des braises de notre feu de camp. Cassie s'est jetée dans mes bras et m'a serré contre elle.

J'étais encore trop secoué pour réagir, mais ça m'a fait beaucoup de bien.

– Il est mort ? a demandé Marco.

– Non, mais je pense que je l'ai blessé. Je crois qu'il est couché, dans un coin, là-bas.

– Tu sais ce qu'on devrait faire ? a dit Marco, le sourire aux lèvres, on devrait acquérir l'ADN de ce tyrannosaure. Il faut en avoir un vivant sous la main, et c'est le cas. Si on ne le fait pas, on va être traqué sans arrêt et on va finir par se faire bouffer.

– Pour moi c'est déjà fait, ai-je répondu, mais tu as raison.

Personne n'était très chaud pour approcher de la bête et la toucher. Même couchée en train de geindre, elle était encore très impressionnante.

Doucement, prudemment, nous nous sommes dirigés vers sa queue. Nous avions des torches à la main pour nous éclairer.

Marco s'est lancé le premier. Il a posé la main sur cette peau qui ressemblait à celle d'un crocodile. Ensuite, ça a été au tour d'Ax. Puis de Cassie.

C'était étrange, on aurait dit une cérémonie rituelle réunissant trois humains et un extraterrestre portant des torches dans la nuit sans fin. Nous tremblions comme des feuilles devant le monstre à l'agonie, mais nous l'avons quand même touché.

– C'est si étrange, a remarqué Cassie. Nous sommes des humains dans un monde où il faudra encore des millions d'années avant que l'homme n'apparaisse. Dans notre monde à nous, c'est l'Homo sapiens qui est le maître. Ici, c'est le tyrannosaure. C'est à se demander qui aurait gagné si les humains et les dinosaures avaient existé à la même époque et qui aurait survécu.

– Ils nous auraient chassés comme des lapins, a estimé Marco. Une poignée d'humains primitifs avec des bâtons ? Contre les tyrannosaures ? C'est même pas la peine de se poser la question.

< Seulement vous, vous n'êtes pas des êtres primitifs, a rectifié Ax, vous êtes des êtres humains, primitifs certes, mais vous possédez la technologie andalite, vous pouvez morphoser. >

Ce n'était pas la première fois que je me demandais si Ax n'avait pas appris à faire de l'humour.

Puis, la fatigue due à la poussée d'adrénaline, au manque de sommeil et à l'épuisement physique m'est tombée dessus sans prévenir. Mes yeux se sont fermés tout seuls, mes jambes se sont mises à flageoler et je me suis écroulé. Des bras se sont précipités pour me rattraper.

CHAPITRE 19

MARCO

On a laissé Jake se reposer pendant un moment, puis on s'est dit que dormir entre un dinosaure mort grand comme la tour Eiffel et un tyrannosaure malade, ce n'était peut-être pas une si bonne idée que ça.

Alors, malgré la nuit noire, si noire qu'on ne voyait plus nos pieds, nous nous sommes mis en route. Il ne pleuvait pas, ce n'était déjà pas si mal. J'avais cru que nous aurions eu droit à un déluge après l'énorme éclair que j'avais vu. Mais à croire que les choses ne se passaient pas comme ça dans ce millénaire.

– Résumons un peu la situation, ai-je commencé en faisant changer de main ma torche à la flamme ridicule, nous sommes revenus des dizaines de millions d'années en arrière, nous n'avons rien à manger, à part ces brochettes de tyrannosaure à moitié calcinées. Nous sommes près d'une rivière, mais si on veut aller boire, un crocodile monstrueux sortira sûrement pour essayer de nous avaler. Nous sommes complètement perdus, mais ça, ce n'est pas trop grave, vu qu'on n'est pas vraiment à la recherche d'un McDo. Pour couronner le tout, nous portons des sandales en peau de tyrannosaure, ce qui va nous rendre d'autant plus appétissants aux yeux du prochain monstre qu'on rencontrera.

– Si Rachel était là… a soupiré Cassie.

– Ouais…

Tout à coup, je me suis senti tout triste, moi aussi.

– Si elle était là, elle me dirait quelque chose du genre : « Je supporte plus facilement les dinosaures que tes jérémiades, Marco. »

Jake a souri tristement.

– Tu l'imites plutôt bien.

J'ai entendu Cassie renifler.

– Tu sais ce que je pense ? Nous sommes toujours vivants, pas vrai ? Deux fois de suite, nous avons été attaqués par ces gros machins de tyrannosaures, et je suis toujours là. Et pourtant, je ne suis pas Batman ! Et Jake aussi est toujours là, alors que c'est plutôt le roi des nuls dans le genre athlète et que, finalement, il n'est pas si malin que ça.

— Je te remercie, a fait Jake.

— Ce qui est important de retenir, c'est que si nous, on a réussi à s'en sortir, vous n'allez pas me faire avaler que Rachel et Tobias – notre Xéna, la guerrière et l'enfant-oiseau qui doit chasser tous les matins pour son petit déjeuner – ne sont pas toujours vivants ? Soyons logique : pour pouvoir venir à bout de Rachel, il faut être encore plus vicieuse qu'elle, et vous savez bien que c'est impossible !

Cassie a laissé échapper un petit rire. Mais elle a reniflé aussi. A vrai dire, je racontais n'importe quoi, mais qui sait ? Peut-être que finalement Rachel et Tobias s'en étaient vraiment sortis. En tout cas, c'est ce que je voulais croire.

J'ai toujours dit qu'il fallait faire des choix dans l'existence, soit on voit la vie comme une tragédie, soit on choisit d'en rire. Il y a des choses dont on ne peut pas rire, c'est vrai, mais dans l'ensemble, on peut toujours trouver des choses marrantes dans la vie et chez les gens. Bon, si vous voulez voir le monde sous son aspect sinistre, injuste, et tout le reste, vous pouvez toujours le faire, mais ça mène à quoi ?

On a continué à avancer péniblement. On a fait une halte pour se reposer. On s'est relevés et on est repartis. Petit à petit, l'énorme comète dans le ciel s'est éloignée, le ciel a commencé à pâlir et le soleil à apparaître.

Brusquement : pop ! On aurait dit que le soleil avait soudain surgi au beau milieu du ciel. Je me suis débarrassé du bout de bois calciné qui me servait de torche, j'ai fermé les yeux et j'ai ouvert les bras en grand pour accueillir mon viel ami l'astre du jour.

Il éclairait un paysage qu'on aurait dit tout droit sorti d'un musée préhistorique. Devant nous, la plaine s'étendait à perte de vue, avec, de temps à autre, de petits bouquets d'arbres et des rochers saillants. Le ruisseau serpentait toujours près de nous. La forêt s'était éloignée et on apercevait la fumée du volcan, au loin, qui surplombait la plaine. Dans ce paysage qui rappelait si bien la savane africaine qu'on s'attendait à y voir des gazelles, des gnous ou des lions, il y avait un petit troupeau de tricératops éparpillés çà et là.

Ils avançaient paisiblement. Il y en avait peut-être une centaine. Ils ressemblaient à un troupeau de buffles de l'Ouest américain. Sauf que Buffalo Bill aurait certainement préféré partir à la retraite plutôt que d'accompagner ce troupeau de grosses bêtes.

< Est-ce que le lever du soleil rend les humains toujours aussi optimistes ? > a demandé Ax.

– Ouais, sauf quand on doit aller à l'école, ai-je ajouté.

< Nous ressentons la même chose. Je ne saisis pas très bien pourquoi, mais je me sens mieux. Je peux de nouveau voir, et voir est une chose merveilleuse. >

– Sans compter que cette foutue comète a enfin disparu. Elle commençait sérieusement à me porter sur les nerfs. D'un autre côté, ce que je vois maintenant, c'est une bande de dinosaures aussi gros qu'un camion-poubelle, alors...

< La comète t'inquiétait ? Et non le flash de lumière ? >

– Quoi, l'éclair ?

< Non, ce n'était pas un éclair. Je croyais que tu l'avais compris. Ce phénomène n'était pas d'origine naturelle, mais artificielle. >

J'ai parcouru encore quelques mètres avant de lui demander :

– Qu'est-ce que tu racontes ?

Je me suis arrêté. Jake aussi. Puis Cassie.

– Artificielle ? s'est étonné Jake, qu'est-ce que tu

entends par « artificielle »? Tu veux dire « créée par les hommes » ou en tout cas « fabriquée » ?

< Oui, bien sûr. Le flash de lumière n'était pas un phénomène naturel. Il ne ressemblait pas à un éclair. Mes yeux tentaculaires perçoivent certains rayons ultraviolets et infrarouges et... >

— Dis-nous seulement ce que c'était ! s'est écriée Cassie qui perdait patience.

On a tous été très surpris. Ce n'était pas du tout le genre de Cassie de hausser le ton. Mais bon, elle n'est peut-être pas du matin.

< Je crois qu'il s'agissait d'une explosion. J'étais tout prêt à penser que c'était un rayon Dracon touchant une cible, sauf que, dans ce cas précis, le rayon était bleu. >

Jake a inspiré profondément.

— Ax, s'il te plaît, explique-nous tout, en commençant par le commencement, tu veux bien ?

< Certainement, prince Jake. >

Jake m'a lancé un regard et a repris :

— Ax, tu crois que les Yirks ont été eux aussi transportés dans le passé avec nous ?

< Prince Jake, je ne veux pas... >

— Ne m'appelle pas prince, a soupiré Jake.

– Mais il n'y avait pas de Yirks aux abords du sous-marin quand il a explosé, ai-je dit, et aucun de leurs engins spatiaux. Ça, je crois qu'on les aurait remarqués.

< Ce ne sont pas des Yirks, a expliqué Ax. Je crois plutôt que nous avons affaire à une espèce de dinosaures très avancée. Mais ce ne sont pas des Yirks. >

– Des dinosaures très avancés ? Des dinosaures forts en sciences ? Tu rigoles ?

– La nuit dernière, j'ai effectivement remarqué des éclairs étranges à l'horizon, a admis Jake.

– Moi aussi, a ajouté Cassie. Je croyais qu'ils étaient dus à un orage, ou quelque chose comme ça.

Nous avons repris notre marche.

– Ax, mon gars, je crois que tu perds la boule.

< Moi ? Tu crois que je me trompe ? C'est envisageable. >

Il n'avait pas vraiment l'air convaincu.

< Mais la nature de ce flash de lumière indiquait nettement… >

Il a continué un petit moment à nous parler d'ondes, d'impacts rétiniens, de perception des distances et d'autres machins andalites que nous, humains, maîtriserions sûrement un jour.

J'ai arrêté d'écouter. J'observais le troupeau de tricératops qui était maintenant loin de nous. Allez, vous aussi vous avez eu un petit tricératops en plastique comme jouet quand vous êtiez petits, on en a tous eu un. Et là, ils étaient devant moi, bien réels. Ils bougeaient, ils mangeaient de l'herbe et, de temps en temps, ils utilisaient leurs cornes énormes pour déterrer une plante appétissante. C'était génial… si l'on met de côté le fait qu'on avait descendu au moins dix étages sur la chaîne alimentaire. Mais enfin, c'était quand même sympa.

– Eh, regardez. Je crois qu'on approche d'un ravin, ou d'un truc dans le genre, a fait remarquer Jake.

Devant nous, la prairie semblait brusquement prendre fin. Les ondulations de l'herbe s'arrêtaient d'un coup.

– Il va falloir le contourner, a prévenu Cassie.

– Pourquoi ? ai-je demandé, où veux-tu aller exactement ?

– Et qu'est-ce que tu veux qu'on fasse ? a repris Jake, agacé. Tu veux qu'on s'installe ici et qu'on commence à construire une nouvelle civilisation ?

– Je veux juste dire qu'on n'a pas vraiment rendez-vous quelque part.

On a continué à avancer sans pouvoir déterminer l'étendue de la crevasse avant d'être tout près. Alors, et alors seulement, on a vu. Et c'était incroyable. Comme de découvrir le Grand Canyon pour la première fois. A quelques centaines de mètres au-dessous de nous, s'étendait une vallée large de plusieurs kilomètres. Rien qu'à rester là, au bord, j'avais le vertige. Comme si j'allais tomber. Ç'aurait été une sacrée chute, et j'aurais eu le temps de m'égosiller avant de m'écraser.

Mais ce n'est pas vraiment ce qui nous a le plus médusé. C'est que, voyez-vous, la vallée n'était pas inhabitée. En-bas, s'étalant sur environ un kilomètre, des immeubles étincelaient.

Des immeubles !

Et volant au-dessus d'eux, comme pour les protéger, il y avait quelque chose qui rappelait sacrément une soucoupe volante.

CHAPITRE 20
TOBIAS

– **C**omment va ton aile ? m'a demandé Rachel.

< Ça me démange. Et toi, tes pieds ? >

– Ils me font beaucoup souffrir.

< Je ne te fais pas mal à l'épaule ? >

– Pas du tout. C'est pas comme lorsque tu as essayé de m'éventrer. On aurait dit que tu voulais me vider comme un poisson.

< Je suis vraiment désolé, je n'ai pas arrêté de te le répéter. >

– Je sais. Mais je suis de mauvaise humeur. Je n'ai pas vraiment bien dormi cette nuit. Je crois me rappeler que j'ai dû morphoser en grizzli et ensuite que tu es apparu et que tu as essayé de me couper en morceaux comme si j'étais une pizza aux champignons ou une vulgaire tranche de fromage.

J'ai soupiré. J'essayais de garder mon équilibre en

évitant de planter mes serres trop profondément dans l'épaule de Rachel. On avait pris un bout de peau sur le deinonychus mort pour en faire une sorte de coussin, mais c'était plutôt instable.

— Me couper en tranches comme du dindonneau ! marmonnait encore Rachel, comme si j'étais un morceau de bacon. Avec des œufs. Et des pommes de terre sautées. Comme au resto. Tiens, je renoncerais même à m'acheter des fringues si je pouvais me payer un super petit déj' ! Et je prendrais aussi des pancakes. Deux saucisses, deux tranches de bacon et deux œufs bien cuits. Parce que moi, je n'aime pas ça quand le jaune coule. Je mettrais aussi du sirop d'érable sur mes pancakes. Du sirop d'érable et rien d'autre. Il y a des gens qui mettent de la confiture. Quelle faute de goût !

< Dois-je en conclure que tu as faim ? >

Elle a levé vers moi ses yeux bleu acier.

— Comme du pain de mie. Tu m'as tranché comme si j'étais du pain de mie. Tu sais, lorsqu'il sort de chez le boulanger. Tout frais, bien croustillant et bien doré. Et que la mie est bien moelleuse, toute blanche et encore chaude ! Avec de la confiture de framboises. Celle-là et pas une autre. Un gros pot de confiture de framboises, avec les pépins. C'est les bébés qui n'aiment pas les pépins.

Je l'ai regardée avec mes yeux de faucon. J'étais tout près. C'était comme si je la regardais à travers un microscope. Ou presque. Elle n'avait pas dormi, ses cheveux étaient en bataille et elle était de mauvaise humeur. Mais elle était néanmoins superbe.

J'ai détourné mon regard. A quoi bon lui répondre ? Bon sang, moi aussi j'étais exténué et mon estomac gargouillait. J'étais affamé. Je voyais des petits mammifères qui ressemblaient à des musaraignes sautiller entre les racines des arbres et se cacher dans les fougères. Mais avec une aile abîmée, je n'avais aucune chance de les attraper. Je devais me contenter de regarder la végétation autour de nous. On avait abandonné la meute de deinonychus derrière nous, dans la nuit. J'étais devenu leur chef, et j'avais montré les dents jusqu'à ce qu'ils s'éloignent. Je les avais plantés là, tout désemparés. Mais il ne faudrait pas longtemps pour qu'ils se choisissent un nouveau chef.

Rachel avait acquis leur ADN. Ça n'avait pas été facile, mais je m'étais arrangé pour bloquer une de ces créatures meurtrières assez longtemps pour qu'elle puisse le toucher.

Nous marchions à présent dans la forêt, à la recherche de quelque chose à nous mettre sous la dent. Mais aussi à la recherche de Jake et des autres, et d'un indice qui nous éclairerait sur ce que nous devions faire maintenant.

Nous avions pénétré dans une zone où la végétation était plus dense. Il y avait des palmiers, çà et là. Ils étaient par groupe de dix. Et tout autour, il y avait des buissons. Je n'aimais pas ça. Ils me bouchaient la vue.

D'un autre côté...

< Eh, dis-moi, les dattes poussent bien dans les arbres ? >

– Non, ça m'étonnerait. Les dates, tu sais, c'est plutôt sur les calendriers... Oh tu veux parler de dattes ? Ah oui, je crois.

< Et sur les palmiers, non ? >

– Je n'en sais rien. Tu sais, je n'ai pas l'habitude de faire mon marché dans la jungle. Ramasser des dattes, cueillir des tomates, trouver du maïs sur les arbres. Le maïs, ça pousse bien sur des arbres ?

< Sur des arbres ? >

– Oh, arrête. Je crève de faim et tu te moques de moi parce que je ne suis pas une spécialiste de la nature comme Cassie.

< On pourrait jeter un œil à ces palmiers. On trouvera peut-être des dattes ou des noix de coco. Quelque chose à se mettre sous la dent, en tout cas.

– Je ne dirais pas non à une petite halte à l'ombre.

Nous nous sommes dirigés vers le bosquet le plus proche. Deux tricératops monstrueux étaient là, à l'ombre des arbres. On dit que ce sont des herbivores pacifiques, mais ils étaient aussi gros que des éléphants avec des cornes qui mesuraient bien un mètre. Ils avaient beau être pacifiques, je n'avais pas très envie de partager un abri ombragé avec eux !

< Il y a bien quelque chose là-haut. >

J'avais vu des cosses qui formaient des petits paquets sous les feuilles dont la base s'ouvrait comme des éventails.

Nous sommes arrivés sous les arbres. Rachel m'a posé sur le sol et a jeté des pierres jusqu'à ce qu'elle parvienne à décrocher l'un des fruits. Une chose marron, de la taille d'une noix de coco, est tombée par terre. Elle a utilisé une autre pierre pour éclater la cosse. A l'intérieur, il y avait une sorte de chair blanche.

– Alors, qu'est-ce que tu en penses ?

< Je ne sais pas trop. Il est probable que ça ne nous tuera pas. >

Rachel a fait une grimace. Elle a mis le fruit sous son nez.

– L'odeur n'est pas désagréable.

Ensuite, elle a haussé les épaules, mordu dans la chair et l'a avalée.

– Humm, ça n'est pas mauvais.

< Ça a quel goût ? >

Je regardais le fruit avec envie. J'étais très bas, sur le sol, et je ne voyais pas très bien le haut des arbres. Mais quelque chose a attiré mon attention. Entre les arbres aux lignes souples et les broussailles épaisses, j'avais aperçu une forme courbe. Ça avait une forme plutôt étrange, comme un éventail, mais en beaucoup plus gros. Je voyais des piques et des piquants reliés par une sorte de matière rouge et vert vif.

Plus précisément, c'était de la peau. Mais la chose devait sûrement être morte, car elle ne bougeait pas. Elle était parfaitement immobile.

< Rachel, je crois qu'il y a quelque chose juste derrière les arbres. Tu vois ce… ahh ! >

Ça avait bougé.

Rachel est restée clouée sur place.

– Je t'en prie, ne me dis pas que c'est encore un de tes dinosaures !

< Et depuis quand est-ce que ce sont mes dino-saures ? Recule tout doucement. >

Rachel s'est baissée pour me ramasser.

– Qu'est-ce que c'est ?

< Je ne sais pas, je ne le vois pas assez bien. >

On a reculé en gardant les yeux fixés sur l'endroit où on avait repéré la chose qui avait une forme de voile, ou d'éventail. J'avais plus de mal à m'accrocher à l'épaule de Rachel, car la peau de l'animal que nous y avions posée était devenue plus dure.

< Qu'est-ce que tu fais ? >

– Je morphose. J'ai faim. Et toi aussi. On pourrait peut-être attraper cette bestiole et s'offrir un petit déjeuner dinosaure.

< Quoi ? Quoi ? >

– Je vais morphoser en machin, là, en daninonichus.

< Tu veux dire deinonychus ? >

Elle ne pouvait déjà plus me répondre. Sa langue n'était plus celle d'un humain. Sa peau était devenue rugueuse et couverte de petits cratères. Son épaule s'est abaissée brusquement et j'ai sauté pour atterrir dans l'herbe.

Je n'étais pas tout à fait d'accord avec Rachel mais, en même temps, je me demandais si elle n'avait pas raison. On avais acquis l'ADN du deinonychus, alors pourquoi ne pas l'utiliser ?

J'ai commencé à morphoser à mon tour. Super ! Ça voulait dire qu'il faudrait remettre une attelle sur mon aile. Ce n'est pas comme ça que j'allais guérir. Mais enfin, mourir de faim, ça n'était pas non plus très bon pour la santé.

Le vent a tourné. La voile faite d'os et de peau a bougé elle aussi. Comme pour prendre le vent. Pourquoi ?

J'ai fait défiler dans ma tête toutes les figurines de dinosaures avec lesquelles je jouais : le tyrannosaure, le brachiosaure, le stégosaure, l'allosaure, le spinosaure.

Une minute... le spinosaure ! Il avait bien une sorte de grande voile sur le dos. Et alors ? Il ressemblait à quoi exactement ? Il faisait quoi ? Était-il herbivore ?

Il avait bougé !

Crash ! Crash ! Crrrr-hunch !

Le spinosaure s'était levé, et sa voile avec lui.

Les broussailles ont craqué quand il a fait demi-tour pour nous regarder. Un tronc d'arbre s'est écroulé quand il a passé la tête pour nous examiner de plus près. Et cette tête à elle seule était déjà plus grosse que Rachel !

Elle allait finir de morphoser d'un instant à l'autre. Est-ce qu'elle serait capable de maîtriser les instincts puissants du deinonychus ? Elle avait plus l'habitude que moi des animorphes.

Le spinosaure continuait à nous regarder. Ou tout du moins à regarder Rachel.

< Il a peur de nous, a-t-elle fait, il est énorme, mais je suis sûre que c'est une espèce de grosse vache préhistorique, pas vrai ? >

< Rachel, regarde ses dents. Tu crois qu'elles ne lui servent qu'à manger de l'herbe ? >

< Oh… >

Le spinosaure s'est mis tout à fait debout, masse énorme entre les troncs d'arbres. La voile courbe sur son dos faisait presque deux mètres et il mesurait quinze mètres de long de la tête à la queue. Il se tenait sur deux pattes, plus courtes et moins puissantes que celles d'un tyrannosaure, certes, mais assez pour lui permettre d'avancer avec aisance.

Le spinosaure restait silencieux. Il nous a regardés passer de l'état d'humain, et d'oiseau, à l'état de deinonychus.

< On peut l'avoir, j'en suis sûre. >

C'était du Rachel tout craché. Je ne dirais jamais quelque chose d'aussi stupide.

< Tu es dingue ou quoi ? Il pèse des tonnes, on est légers comme des plumes à côté de lui. >

< On est deux contre un. >

< Oui, mais il est cent fois plus gros que nous. >

< Bon, alors il faut déguerpir. >

< Ça, c'est bien dit. >

On lui a tourné le dos et on a foncé… droit sur le compagnon son copain.

CHAPITRE 21
RACHEL

Il fallait attaquer, je n'avais pas le choix. Les instincts du deinonychus m'y poussait avec toute leur puissance et leur énergie destructrice.

Mais, il faut bien le dire encore une fois, le spinosaure était bien trop gros. Pour vous donner une idée, si nous avions été des chiens, le spinosaure aurait été un berger allemand et moi un chihuahua.

Mais je n'avais pas le choix ; pas moyen de s'échapper. J'ai crié :

< A l'attaque ! >

J'ai bondi. Les pattes d'acier, comme montées sur ressorts, m'ont soulevée de terre et j'ai volé, mes deux griffes crochues prêtes à lacérer. C'est l'estomac du spinosaure, cible facile, que je visais.

Slash ! Avec mes deux serres énormes, j'ai laissé deux traînées sanglantes sur son flan. Mais pour lui, ce n'étaient que deux petites égratignures. Le spinosaure a pris tout d'abord un air étonné, puis son étonnement s'est changé en agacement. Son étrange crête s'est agitée, il a ouvert sa gueule toute grande et m'a regardée comme si j'étais un extraterrestre.

< Bon, oublions la manière forte. On va reprendre le plan B : fichons le camp ! >

C'est à ce moment-là que j'ai remarqué une autre créature qui sortait discrètement des broussailles.

Elle marchait sur deux pattes. Sa peau, de couleur rouge, était très rugueuse, comme si elle était couverte de crevasses. Elle avait deux grands yeux et une petite bouche, eux aussi de la même teinte rougeâtre. Elle mesurait au moins deux mètres cinquante... et elle était armée !

Ça, ce n'était pas un dinosaure. La créature a levé son arme et a visé le spinosaure blessé et furieux. Je n'ai pas entendu de détonation ni vu de flamme, mais l'animal s'est s'écroulé d'un coup. Comme un grand séquoia.

Vouuuummmm ! L'autre spinosaure, qui avait assisté à la scène, a préféré repartir d'où il était venu.

Tobias et moi, on regardait, éberlués, la créature armée.

< Qu'est-ce que… qu'est-ce que c'est que… ça ? >

< Je n'en ai aucune idée, a répondu Tobias, mais je peux t'assurer que je n'ai jamais eu ce modèle de dinosaure quand j'étais petit ! >

La créature nous regardait curieusement avec ce qui semblait être des yeux, mais qui ressemblait plutôt à des fentes. Deux antennes aussi souples que des fouets sont sorties de sa tête et se sont dirigées vers nous comme pour nous examiner.

Après quelques secondes de ce manège, elles se rétractèrent.

– Il ne faut pas tuer ces créatures, elles sont en voie de disparition. Et elles sont à nous. Toutes les créatures sont à nous. Et vous, vous êtes quoi ? a-t-elle demandé d'une voix râpeuse qui ronflait comme une machine.

Cette chose parlait notre langue ! Bon, dans Star Trek, les extraterrestres parlent toujours notre langue, comme si ça allait de soi. Mais dans la réalité, quand vous rencontrez une chose inconnue et qu'elle parle comme vous, c'est carrément surprenant. Vous vous attendez au moins à ce qu'elle parle, je ne sais pas moi, russe ou japonais.

– J'attends une réponse.

< Nous sommes… des dinosaures >, ai-je dit.

Mais je me sentais vraiment idiote.

– Vous parlez sans émettre de sons. J'attends une explication.

< Et vous, pourquoi est-ce que vous ne vous expliquez pas ? ai-je fait. Qui êtes-vous ? Qu'est-ce que vous faites ici ? Et comment ça se fait que vous parlez notre langue ? >

– Nous vous avons écouté parler. Longuement. Depuis hier soir.

J'ai demandé à Tobias :

< Comment est-ce qu'il a pu nous suivre et nous espionner ? >

< Je n'en sais rien. Je l'aurais repéré. >

– Morphosez.

< Il nous a vus morphoser ! >

< Et vous, qu'est-ce que vous êtes, exactement ? >

– Nous sommes les Nesks, ceci est notre planète. Morphosez.

< Il insiste, tu ne trouves pas ? >

< Oui, mais il a une arme >, m'a répondu Tobias.

< Il ne me revient pas vraiment, à moi. Pour commencer, je trouve qu'il pue. Et son odeur… me rappelle quelque chose. Mais je n'arrive pas à dire quoi ni

où j'ai déjà senti ça. Mais il y a quelque chose qui ne me revient pas. >

– Cette arme peut faire perdre connaissance. C'est ce qui est arrivé à la créature que vous vouliez attaquer. Mais elle peut tuer aussi. Morphosez ou je vais vous tuer.

Le Nesk a levé son arme et l'a pointée sur nous.

Bon, devant un spinosaure de quinze mètres, je m'avoue vaincue, mais les extraterrestres caractériels, ça je connais !

Je savais que ce Nesk à la tête enflée s'attendait à ce que j'attaque comme l'aurait fait un dinosaure. Mais je suis un être humain et, mieux encore, je suis une gymnaste. Alors, j'ai fait comme si j'étais sur une poutre : j'ai pris mon élan sur une jambe et j'ai envoyé ma puissante queue en plein dans la bestiole !

< Prends ça ! >

J'ai frappé comme une brute. J'ai touché le Nesk au niveau de la poitrine et je l'ai coupé en deux ! Le haut du corps s'est écroulé, tout bonnement, comme si j'avais scié un arbre.

Horrifiée, j'ai crié :

< Oh non, c'est pas vrai ! >

Je voulais seulement l'assommer. Mais tout de suite

après, il s'est passé quelque chose de plus horrible encore : le bas du corps, séparé du reste de la créature, semblait se dissoudre en se divisant en milliers de petits morceaux qui se tortillaient !

Quant au haut du corps, qui était tombé sur le sol, il continuait à tenir l'arme braquée sur moi !

Ce n'était pas le moment d'éprouver de la pitié. La bouche grande ouverte, j'ai mordu à pleines dents dans le bras qui me menaçait. Lui aussi s'est dissous, il est tombé en miettes. J'ai senti comme des picotements dans ma bouche. Puis ça s'est mis à me piquer, et à me brûler ! J'ai recraché l'arme que j'avais avalée. Elle est tombée par terre et une nuée constituée de milliers de petites particules s'est précipitée pour la récupérer.

Ma bouche me faisait souffrir énormément. De petits points rouges ont commencé à sortir de ma mâchoire et à grimper sur mon museau. Là, où je pouvais le mieux les examiner.

C'est à ce moment-là que je me suis souvenue de cette odeur; l'odeur âcre d'une galerie souterraine, la puanteur fétide d'automates féroces qui déferlaient sur moi pour me tailler en pièces.

Des fourmis !

Le Nesk était constitué de millions de foumis !

CHAPITRE 22
CASSIE

— Ma tête à couper que ces immeubles n'ont pas
été construits par des dinosaures, a fait Marco.

Jake s'est tourné vers Ax :

— Ax, est-ce que tu sais ce qui se passe ici ?

Ax avait l'air surpris, aussi surpris qu'il pouvait
l'être.

< Vous êtes sûrs qu'il ne s'agit pas là d'un chapitre
méconnu de l'histoire de l'humanité ? >

— Ax, nous sommes à un âge où il n'y a pas encore
la moindre trace d'être humain et il faudra encore
attendre longtemps avant qu'apparaisse le premier pri-
mate. Alors, est-ce que ça pourrait être des Andalites ?

< Non, impossible. Nous non plus nous n'avons pas
encore assez évolué. En fait, je crois que notre planète
est encore en train d'errer entre deux étoiles et l'une
des deux explosera si fort que l'onde de choc... >

– Un simple « non » aurait suffit, l'a interrompu Marco.

< Ce ne sont pas des Taxxons, ni des Hork-Bajirs, ni même des Yirks. Aucune de ces espèces ne sont encore apparues. >

– Et les Pémalites ? ai-je suggéré.

C'est Erek qui nous avait parlé des Pémalites. En apparence, Erek est un garçon comme les autres mais, en fait, c'est un androïde, un Chey conçu par une espèce disparue appelée Pémalite.

Marco a secoué la tête :

– Erek nous a expliqué que lorsqu'ils sont arrivés sur Terre, les derniers Pémalites étaient mourants. Les Cheys ont introduit ce qui était leur « essence » ou je ne sais plus trop quoi dans le corps des loups. Et ici, il n'y a pas de loups. Il faudra sûrement encore attendre des millions d'années avant qu'ils fassent leur apparition.

– Alors quelle espèce peut bien s'être installée ici avec assez de technologie pour construire des immeubles et ce qui ressemble à des soucoupes volantes ? a demandé Jake qui s'impatientait.

– Je pourrais leur poser la question directement, ai-je fait en montrant du doigt la petite ville dans la vallée.

Ou tout du moins, aller y faire un petit tour. Mon ani-morphe de balbuzard ferait parfaitement l'affaire. Il y a déjà des oiseaux à cet âge de la préhistoire, alors je ne me ferais pas trop remarquer.

Jake a approuvé d'un signe de tête :

– Très bien. C'est ce qu'on va faire. On va tous y aller. Mais cette histoire devient de plus en plus bizarre.

– On n'est peut-être pas obligés d'y aller tous ensemble, ai-je remarqué, pourquoi est-ce que je n'y irais pas toute seule ? Vous pourriez m'attendre ici.

Jake a haussé les sourcils :

– Mais qu'est-ce que tu racontes ?

– Bien, on devrait éviter de prendre trop de risques, non ?

Jake a secoué la tête en continuant à me regarder comme si mon attitude l'étonnait.

J'ai repris la parole :

– Écoute, on a déjà perdu Rachel et Tobias, j'ai perdu ma meilleure amie, et je ne veux perdre... tu sais... aucun d'entre vous.

On aurait dit que Marco était sur le point de sortir une blague vaseuse, mais il s'est arrêté net. Mais enfin, il ne pouvait pas complètement s'en empêcher, alors il a dit :

– Pourquoi je n'irais pas avec Cassie, moi ? Je ne crois pas que ce soit de me perdre moi qui l'inquiète beaucoup.

Il a esquissé un sourire narquois.

Jake s'est mis en colère :

– On ne perdra personne, c'est bien compris ? Il est sûrement plus prudent de voler en bande. Au moins, là-haut, on ne risque pas de rencontrer de tyrannosaure.

C'était sensé. Mais je ne me sentais pas rassurée pour autant. Cela faisait tout juste vingt-quatre heures que j'avais vue Rachel pour la dernière fois, et je n'avais pas eu beaucoup de temps pour penser à elle. J'avais été très occupée à sauver ma peau. Et, à dire vrai, je ne pouvais me résoudre à penser à elle au passé.

Mais la nuit dernière, durant cette tempête terrible, aveuglée par les ténèbres et incapables de dire d'où venaient les cris terrifiés de Jake, je n'arrêtais pas de me répéter : « Non, ça n'arrivera pas encore, je ne veux pas perdre Jake lui aussi ».

Et maintenant nous étions tous là, à regarder ce qui était peut-être notre seul espoir dans ce monde hostile. Mais mon inquiétude augmentait. C'était peut-être parce que je fais plus confiance au monde animal qu'au monde civilisé.

– D'accord, ai-je fait. Mais j'ai comme un mauvais pressentiment. Tout ça n'est pas normal. Comment est-il possible qu'il y ait une ville sous nos pieds ? C'est inconcevable. Surtout à l'époque des dinosaures. Quant aux soucoupes volantes… Je sais qu'il faut absolument aller jeter un œil, mais il faut rester prudents.

J'ai commencé à penser très fort à mon animorphe de balbuzard. Le balbuzard est une sorte de faucon qui vit habituellement près des rivières et qui se nourrit de poissons.

Des plumes grises se sont dessinées peu à peu sur ma peau. J'ai vu mes pieds nus se transformer en serres et mes bras se recroqueviller pour devenir des ailes. J'avais déjà morphosé des dizaines de fois en balbuzard, mais cette animorphe appartenait à un autre monde. Dans le monde dans lequel j'évoluais actuellement, les oiseaux semblaient beaucoup moins nombreux.

Une brise agréable soufflait et je me disais qu'il y avait sûrement d'excellents courants chauds ascendants qui montaient des parois de la falaise.

< Tout le monde est prêt ? > a demandé Jake.

< Regardez ! > a hurlé Marco.

Cinq ou six dinosaures de petite taille, se tenant tous sur deux pattes et ne mesurant pas plus de un mètre, ont écarquillé leurs gros yeux jaunes en nous voyant.

< Vite, envolons-nous >, a ordonné Jake.

Les dinosaures fonçaient sur nous à toute allure.

< Cet endroit commence vraiment à me gonfler >, a grogné Marco alors que nous battions des ailes tout en prenant de l'élan.

J'ai atteint le bord du ravin, j'ai ouvert mes ailes en grand et je me suis lancée dans le vide. Les petits dinosaures se sont arrêtés au dernier moment et ils nous ont regardés nous éloigner.

< On dirait qu'il s'agit d'une période de l'histoire de la terre bien dangereuse, a estimé Ax, c'est à se demander comment les humains ont réussi à évoluer dans un monde aussi féroce. >

< Les dinosaures avaient tous disparu avant l'apparition des humains >, ai-je remarqué.

< Tous ? > a répété Ax, très étonné.

< Oui, il n'y en avait plus un seul quand le premier homme est apparu. Ils avaient été balayés de la surface de la terre depuis déjà bien longtemps. >

< Mais tu oublies la famille Pierre à feu, la famille moderne de l'âge de pierre. >

C'était évidemment une remarque de Marco.

C'était aussi agréable que je l'avais prévu de se laisser porter sur les courants chauds. Je sais que ça peut sembler fou, mais sans que je puisse expliquer pourquoi, je me sentais plus à l'aise dans mon animorphe de balbuzard que dans mon corps d'humain. Les hommes paraissaient si peu à leur place dans ce monde-là !

Nous avons volé vers la ville étincelante dans la vallée. Avec mes yeux de balbuzard, je voyais beaucoup mieux. J'ai vu des immeubles aux lignes élégantes qui semblaient comme taillés dans le rocher. Les fenêtres avaient été placées de manière étrange, certaines pointant vers l'extérieur tandis que d'autres avaient la forme de lucarnes. Et il y avait aussi des champs dans lesquels des arbres avaient été plantés en rond, au lieu d'être alignés, comme on les voit habituellement.

< Oh ville, ma belle ville… >, fredonnait Marco.

En approchant, j'ai pu distinguer des formes vivantes. On aurait dit des crabes, mais des crabes très très gros avec des carapaces aux couleurs vives : bleu marine, vert tendre ou orange. D'un côté ils avaient quelque chose qui ressemblait étrangement à une pince, de l'autre, ils avaient deux mains.

< Ça ne ressemble vraiment à aucune espèce de ma connaissance >, a fait Ax.

< Ils n'ont pas l'air très accueillants >, a ajouté Marco.

< Marco, comment peux-tu… >

Wham !

Quelque chose m'avait frappé. J'avais perdu l'équilibre. Je suis tombée de quelques mètres puis j'ai ouvert mes ailes et j'ai viré pour attraper un autre courant. L'air s'est engouffré dans mes ailes. Je n'avais rien de cassé !

J'ai crié :

< Jake ! >

< Attention ! Il revient sur toi ! > a-t-il hurlé.

J'ai tourné la tête juste à temps pour voir une chose envahir complètement mon champ de vision. On aurait dit une chauve-souris géante, avec des ailes verte et jaune de plus de cinq mètres et une tête incroyablement longue et osseuse !

< Je n'arrive pas à croire qu'une chose aussi grosse puisse s'intéresser à moi >, ai-je soufflé.

< Elle n'est pas tout seule >, a commenté Ax laconiquement.

Les créatures sortaient de grottes creuses qui se trouvaient dans les parois de la crevasse. Trois, quatre... et maintenant six. Elles ont déployé largement leurs ailes tendues de peau et se sont abattues sur nous.

CHAPITRE 23
TOBIAS

Les fourmis accouraient en masse vers Rachel, il y en avait des millions, et un groupe s'était déjà rassemblé près de l'arme pour reformer une main prête à s'en emparer et à nous menacer.

Je ne savais pas trop quoi faire pour nous en débarrasser, alors j'ai sauté et j'ai atterri avec mes deux pieds sur le paquet de bestioles. Je me suis mis à les écraser. Je frappais le sol comme un malade avec mes pattes de deinonychus, mais ce n'était pas ce qu'il y avait de plus pratique car elles ressemblaient beaucoup à des pattes d'oiseau. Pourtant, elles étaient très rapides et je tapais à un rythme infernal. Ça pouvait bien être des superfourmis extraterrestres, elles ne pourraient pas résister aux pattes d'un dinosaure !

Le Nesk s'est décomposé et a déguerpi. J'ai poussé un rugissement de triomphe et je me suis tourné vers Rachel. Elle se léchait pour se débarrasser des fourmis qui couraient sur elle.

< Qu'est-ce que c'était que... cette chose ? >

< Je ne veux même pas le savoir, m'a répondu Rachel. Mais je vais te dire une chose sur ton espèce de Parc du Crétacé : je le déteste. Il me tape sur les nerfs. Comme si ce n'était pas suffisant d'être entourés de dinosaures qui ne demandent qu'à nous dévorer, il faut aussi qu'il y ait des fourmis-monstres tout droit débarquées de la planète Zeptron ! >

< Zeptron ? >

< C'est le premier mot qui m'est venu à l'esprit. Quoi, toi aussi tu veux t'y mettre ? >

< Oh, non, certainement pas. Mais on devrait peut-être... >

Cccccchhhhhhiiiiiiiiiii ! Cccccchhhhhhiiiiiiiiiii ! Cccccc-chhhhhhiiiiiiiiiii ! A côté de moi, le sol a explosé, comme s'il avait été labouré par une machine invisible. J'ai fait un bond. La même trace juste derrière moi ! J'ai vu quelque chose qui bougeait. Fonçant vers nous à toute allure au-dessus de la plaine, il y avait un vaisseau argenté qui luisait. Il était bien deux fois plus gros qu'un avion de chasse et il avait la forme d'une pyramide allongée, pointe en avant.

Cccccchhhhhhiiiiiiiiii ! Cccccchhhhhhiiiiiiiiii ! Cccccchhhhhhiiiiiiiiii !

Le vaisseau a fait feu de nouveau et, par deux fois,
a creusé des trous de plus de un mètre cinquante dans
le sol.

< Filons ! > s'est écriée Rachel.

< Pas de problème ! >

On a déguerpi. Quand il le veut vraiment, le deinonychus est capable de courir… et très vite. Il peut
atteindre trente kilomètres à l'heure. Manque de
chance, la pyramide argentée était bien mille fois plus
rapide.

Elle a cependant semblé hésiter. J'ai jeté un coup
d'œil derrière moi et je l'ai vue marquer un temps d'arrêt au-dessus de l'endroit où nous étions auparavant.
Une sorte de tube terminé par un entonnoir à l'envers
est sorti de l'engin avant de descendre jusqu'au sol.
Et, je peux le jurer, je l'ai vu aspirer les fourmis dont
nous nous étions débarrassés.

Ensuite, le vaisseau est reparti à notre poursuite.
Nous avons fait un brusque écart et il s'est remis à
tirer, creusant des tranchées dans le sol tout autour de
nous.

< Ils s'amusent avec nous >, ai-je crié.

< Oui, mais je n'aime pas trop ce petit jeu. >

< Ce que je veux dire, c'est qu'ils jouent au chat et à la souris avec nous. Ils pourraient nous avoir s'ils le voulaient. Ils font exprès de rater. Ils prennent du bon temps. >

< Ou alors, ils essaient de nous entraîner dans un endroit précis >, a repris Rachel.

Juste devant nous, il y avait un petit troupeau de tricératops. Quand je dis «petit», je fais référence naturellement à leur nombre, et non à leur taille.

< Il faut que j'arrive à voir ce qu'il y a derrière eux, ai-je fait. Je vais jouer à saute-moutons. >

< Quoi ? >

Je n'avais pas le temps de m'expliquer. On est arrivés à la hauteur du troupeau. Une bête énorme a tourné ses longues cornes de un mètre vers nous, comme pour nous défier. Je l'ai évitée et j'ai sauté sur le dos d'une femelle tout aussi grosse, mais moins vive.

J'ai sauté ! Je me suis élevé dans les airs et j'ai replié mes pattes pour me tenir prêt à atterrir sur le dos d'un autre tricératops, j'ai rebondi et je me suis élancé de nouveau à trois mètres au-dessus du sol.

De là-haut, j'ai vu le piège qu'on nous tendait. Mais déjà je retombais.

Whoummpf !

J'ai touché le sol, j'ai roulé, je me suis remis sur mes pattes puis j'ai crié :

< Tu avais raison, c'est un piège ! Ils sont une armée devant nous, des milliards de fourmis qui forment comme un mur ! La seule façon de s'en sortir, c'est de partir vers la gauche, mais à cet endroit il y a un trou énorme, et je ne peux pas dire quelle profondeur il fait. >

< Génial ! On a le choix entre tomber dans une crevasse ou affronter une armée de fourmis de l'espace ! >

< A trois, on prend à gauche et on fonce, peu importe ce qui nous attend. Un. Deux… >

< Trois ! > a hurlé Rachel.

On est partis sur la gauche.

Cccccchhhhhhiiiiiiiiii !

Sous nos pas, le sol et les pierres explosaient, mais je m'en fichais. Je savais ce qui nous attendait, et je préférais encore qu'ils nous tirent dessus.

On courait comme des fous, à perdre haleine, vers ce qui nous semblait être le bout du monde. Tout à coup : le vide.

< Tu sais ce que disent les parachutistes avant de sauter ? > ai-je demandé.

< Géronimo ! > a crié Rachel.

< Oui, c'est ça >, ai-je approuvé avant de sauter.

Rachel a suivi, trois petites secondes après moi.

Ça aurait pu être un petit saut de deux mètres ou, tout au plus, de dix mètres. Manque de chance, ce trou-là faisait au moins mille cinq cents mètres de profondeur !

Je me suis mis à hurler :

< Aaaaaaaahhhh ! >

Rachel a fait de même :

< Aaaaaahhhh ! >

On tombait, de plus en plus bas. On tournoyait sans pouvoir rien contrôler et on n'avait plus le temps de morphoser ! J'allais mourir, j'allais m'écraser sur le sol tout en bas et mourir.

Mais tandis que je tournoyais en hurlant dans les airs, je peux vous jurer que j'ai vu des gratte-ciel éclatants. Et plus près de nous, un oiseau. Un oiseau que je connaissais bien. Dans mon monde à moi, voyez-vous, il faut que je me méfie des faucons pèlerins car, de temps en temps, il leur arrive d'attaquer un faucon.

On se serait cru dans un cauchemar, comme si le destin me jouait un mauvais tour. Des dinosaures, des extraterrestres et, maintenant, mon vieil ennemi, le faucon pélerin.

C'est alors que j'ai vu d'autres ailes battre; des ailes de sept mètres et une tête osseuse et pointue qu'aucun humain n'avait jamais contemplées comme ça avant moi.

Ptéranodon, je jouais avec toi quand j'étais petit !

CHAPITRE 24
JAKE

Les dinosaures volants étaient au-dessus de nous; c'était bien ça le problème. On bougeait plus facilement qu'eux, mais ils nous dominaient. Lentement mais sûrement, en volant en cercle au-dessus de nous, ils nous forçaient à perdre de l'altitude, à descendre jusqu'à la ville étincelante qui s'étendait en bas.

Je regardais partout autour de moi : comment s'en sortir ? Comment déjouer leur piège ?

La soucoupe volante couleur argent n'était plus qu'à cinquante mètres de nous, et les gratte-ciel les plus hauts n'étaient plus qu'à une centaines de mètres en-dessous.

Nous étions pris au piège. Si nous reprenions de l'altitude, nous tomberions dans les griffes des dinosaures volants et si nous descendions, c'était la ville et ses crabes bizarres à deux mains qui nous attendaient.

< Il faut s'approcher des parois de la falaise, ai-je crié, les courants ascendants seront très forts là-bas, on pourra peut-être en profiter pour prendre de vitesse les monstres volants. >

Nous avons fait demi-tour pour nous diriger vers le mur de pierre. Tous les quatre. Cassie et Marco dans leur animorphe de balbuzard, Ax en busard et moi en faucon pélerin.

Nous avons volé à toute allure. Je voyais les colonies de dinosaures volants abrités dans des petites grottes creusées dans la roche. Il y en avait de plus en plus qui prenait leur envol.

Comme j'étais stupide ! J'envoyais tout le monde là où les créatures étaient encore plus nombreuses ! Mais mon plan avait des chances de réussir.

< Tenez-vous prêts ! Il va falloir raser la paroi ! >

Encore dix secondes, et je m'écraserais contre la pierre. Cinq… trois !

Quelque chose se précipitait sur moi ! J'ai fait un écart sur la gauche. Deux dinosaures qui ressemblaient à des tyrannosaures miniatures étaient en train de tomber en donnant désespérément des coups de pieds dans le vide. Ils s'étaient précipités du haut de la falaise. Une pluie de cailloux les suivait.

Ils poursuivaient leur chute et les dinosaures aux ailes faites de peau se rapprochaient de nous. Vif comme l'éclair, l'un des dinosaures en train de chuter à donner un coup de patte et s'est agrippé à l'une des ailes. A mon plus grand étonnement, je le vis ensuite utiliser sa seconde patte pour attraper le bout de l'autre aile.

Déployées, elles faisaient bien dix mètres d'envergure ! On aurait dit un deltaplane assez gros pour s'y accrocher.

Une patte du second dinosaure a agrippé une pierre qui dépassait de la paroi rocheuse. Il a ainsi réussi à ralentir sa chute, mais seulement pendant un court instant car, ensuite, il s'est remis à tomber dans le vide. Mais il avait gagné du temps. Le dinosaure accroché à son aile volante vivante s'est dirigé vers lui.

< Rachel, a-t-il hurlé, prépare-toi à t'accrocher ! >

C'était comme si j'avais reçu une décharge électrique de dix mille volts !

< Tobias ? >

< Jake ? >

Wham ! Tobias a visé Rachel et l'a percutée. Elle était écrasée contre la paroi de la falaise. Tobias est parvenu à s'accrocher à une corniche. Rachel agitait les mains et les pieds mais elle n'arrivait pas à s'y agripper. Elle a fini par tomber dans un nid rempli de dinosaures volants.

Nous avons entendu des cris, des bruits de choc, des crissements, un nuage de terre est tombé de la falaise, et quand tout s'est éclairci, j'ai vu Rachel... ou tout du moins un dinosaure, tenant fermement la patte d'une de ces créatures volantes et le cou d'une autre.

Elles avaient beau battre des ailes de toutes leurs forces, Rachel les précipitaient vers le sol.

J'ai plongé vers elle en appelant les autres.

Elle continuait à tomber, toujours plus bas. Puis :

Wham ! Elle a atterri. Mais pas sur le sol de la vallée. Elle était dans les airs. On aurait dit qu'elle flottait mystérieusement. Et à côté d'elle, il y avait les deux ailes en peau, toutes déchiquetées.

< Un champ de force ! > a hurlé Ax.

Je me suis arrêté au moment même où ma poitrine est venue effleurer ce qui ressemblait à un toit en pur cristal.

Les autres ont plongé à leur tour et sont venus se poser sur le champ de force.

< Rachel, a fait Cassie des larmes dans la voix, c'est bien toi ? >

< Bien sûr que c'est moi, a répondu Rachel, comme si le fait d'être un petit dinosaure qui venait de tomber d'une falaise et qui s'était agrippé aux ailes de dinosaures géants avant d'atterrir sur un champ de force d'origine inconnue était quelque chose de parfaitement normal. Qui veux-tu que ce soit ? >

Et on a assisté au spectacle étrange d'un balbuzard essayant de serrer dans ses bras un dinosaure !

< Je sais que ça semble évident, mais vous êtes tous les deux vivants ? > a demandé Marco.

< Et comment, a repris Tobias, tu croyais que ça allait nous tuer de nous faire avaler par un chronosaure ? Ou d'être poursuivis par une bande de deinonychus ? Il en faudrait plus que ça. >

< Il faut t'appeler dinosaure-boy, maintenant ? >

< Tu te rends compte de ce que j'ai pu endurer depuis hier, a soupiré Rachel, «machin-saurus» par-ci, «truc-tosaure» par-là. Tobias est capable d'en réciter toute une liste comme si c'était, je ne sais pas moi, des marques de fringues. >

< Et comment appelle-t-on vos animorphes actuelles ? > ai-je demandé.

< Des deinonychus. Et ces reptiles volants sont des ptéranodons. Est-ce que je suis le seul à avoir joué

avec des dinosaures en plastique quand j'étais petit ? > s'est étonné Tobias.

< Eh, je vois des immeubles là-dessous, a fait Rachel. Qu'est-ce qui se passe ici ? On a été poursuivis par ces extraterrestres, des fourmis qui peuvent s'agglutiner pour former des corps ou porter des armes. Ils nous ont dit s'appeler des Nesks. >

Toutes les têtes se sont tournées vers Ax. Il semblait un peu agacé.

< Je n'en ai jamais entendu parler. Vous savez, on a fait un bond de millions d'années en arrière. Je ne peux pas connaître toutes les espèces de l'histoire de la galaxie. >

< Un bond d'au moins soixante-cinq millions d'années. Nous sommes au crétacé, le crépuscule des dinosaures. >

Marco a fait la moue :

< Oh non ! Soixante-cinq millions d'années ! Et moi qui croyais que c'était seulement six ou sept millions ! J'espérais trouver des tribus primitives, vous savez, comme dans le film, La guerre du feu. Mais en moins poilu. Je pensais trouver cette tribu et devenir leur chef tout-puissant, vu la supériorité de mes connaissances. >

< La supérioité de tes connaissances en quoi exactement, Marco ? La supériorité de tes connaissances en superhéros de bandes dessinés, c'est ça ? s'est moquée Rachel. Si tu rencontrais une tribu primitive, tu finirais en animal domestique mon grand. >

Tout le monde s'est mis à rire. Même Marco. C'était bon de se retrouver de nouveau tous ensemble. Mais il ne fallait pas que nous restions ici.

< Excusez-moi, mais je vous rappelle que nous sommes suspendus dans les airs sur un champ de force, à une cinquantaine de mètres d'une vallée remplie d'extraterrestres. Nous devrions peut-être bouger de là. Par malchance, il y a toujours un groupe de ptéranodons furieux au-dessus de nos têtes. >

< Sans oublier un vaisseau spatial plein de ces Nesks, a ajouté Tobias. Est-ce que se sont eux qui habitent la vallée ? >

< Non, a résonné une voix. Il ne faut pas confondre les Nesks et les Mercoras. >

J'ai regardé Ax. Il m'a regardé à son tour. Tout le monde s'est regardé. Aucun d'entre nous n'avait parlé. Aucun d'entre nous n'avait jamais entendu le mot « mercora ».

Ils ont traversé le champ de force. D'abord, nous

n'avons distingué qu'une légère ondulation dans les airs, puis comme une espèce d'image télé brouillée. Puis une image claire et en trois dimensions s'est formée peu à peu.

< Un champ de force magnétique à détecteurs intégrés ! s'est exclamé Ax avec enthousiasme. Excellent ! >

Nous nous trouvions face à face avec des extraterrestres. Enfin, il était difficile de dire où se trouvait exactement leur visage.

CHAPITRE 25
AX

Nous, les Andalites, nous en connaissons plus sur les différents peuples extraterrestres que n'importe qui d'autre dans la galaxie. Nous avons beaucoup voyagé dans l'espace, jusqu'à des lieux très éloignés. De plus, nous sommes autant des scientifiques que des guerriers, ainsi, quand nous découvrons une nouvelle espèce, nous l'étudions. A la différence des Yirks, qui ne font que détruire ou réduire en esclavage.

Nous connaissons les Gedds et les Hork-Bajirs, les Taxxons, les Korlas, les Skrit Na, les humains et de très nombreux autres encore.

Mais ceux-là, les Mercoras, étaient vraiment très étranges. A cause d'une chose en particulier, ils n'étaient absolument pas symétriques.

Ils étaient venus à trois. Ils avaient chacun sept pattes sur lesquelles ils se déplaçaient. Quatre d'un côté et trois de l'autre. Mais, pire encore, les quatre pattes étaient plus grosses que les trois autres. Ils couraient comme des crabes et penchaient du côté de leurs petits membres.

En hauteur, ils faisaient à peu près la moitié de la taille d'un grand humain, et ils mesuraient bien trois ou quatre mètres de large. Du côté où se trouvaient les quatre grosses pattes, ils possédaient également une sorte de pince à trois doigts qui semblait très puissante. Le genre de chose contre laquelle je n'aurais pas aimé me battre.

De l'autre, du côté des pattes les plus faibles, se trouvaient deux bras semblables aux miens, mais qui paraissaient plus puissants que des bras humains. Ces bras se terminaient par de longs doigts fins et délicats.

Ils avaient par ailleurs de nombreux yeux qu'ils n'arrêtaient pas d'ouvrir et de fermer. Ces yeux étaient cachés derrière des espèces de petites trappes creusées dans leur exosquelette, ou leur coquille, il était difficile de dire. Ces yeux sortaient et entraient sans cesse. C'était très étrange à voir.

< Enfin quelqu'un qui pourrait regarder Ax droit dans tous ses yeux >, a marmonné Marco.

< Nous sommes les Mercoras, a déclaré l'un d'eux en parole mentale. Nous sommes des immigrés sur cette planète. Nous pensons avoir rencontré à peu près toutes les espèces vivant ici. Mais nous n'étions encore jamais entrés en contact avec une espèce douée d'intelligence. >

< Ils pensent que nous sommes intelligents, a chuchoté Rachel. Tu as entendu Marco, alors silence, nous ne voulons pas qu'ils apprennent la vérité. >

C'est étonnant cette habitude qu'ont les humains de faire appel à ce qu'ils appellent l'humour quand ils ont peur. Pourtant, je suis toujours surpris de voir de quelle manière ils ont réussi à dominer la nature hostile de leur planète. Je me demande comment cela se serait passé s'ils avaient dû cohabiter avec les dinosaures.

< Puis-je savoir qui vous êtes ? > a repris le Mercora qui avait parlé.

< Est-ce bien raisonnable de lui dire la vérité ? > nous a fait remarquer Cassie en privé.

< Les premiers Yirks n'arriveront pas sur terre avant soixante-cinq millions d'années, a déclaré prince Jake. Et ces Mercoras pourront peut-être nous aider à rentrer chez nous. >

Il a marché vers eux. Enfin, il a avancé aussi bien que pouvait le faire un faucon se déplaçant sur un champ de force.

< Nous sommes des humains. Sauf lui… >

Il a tourné la tête en ma direction.

< Il est andalite. >

Le Mercora semblait perplexe. Enfin, je pense. Car c'était difficile à dire. J'ai déjà du mal à interpréter les émotions sur les visages humains. Enfin, tout ce que je peux dire, c'est qu'il ouvrait et fermait un grand nombre de ses yeux à un rythme très rapide.

< Est-ce que vous habitez sur ce continent ? >

< Eh bien… a commencé prince Jake. C'est une longue histoire en fait. Hum, Ax ? Tu pourrais certaine­ment expliquer ça mieux que moi. >

< Oui, prince Jake. Nous venons du futur >, ai-je dit.

< Ouah, effectivement, ça, c'est de l'explication, Jake n'aurait pas pu faire mieux, est intervenu Marco. « Nous venons du futur. » Nous avons vraiment de la chance d'avoir avec nous un brillant extraterrestre capable d'expliquer clairement les choses. >

< Le futur ? a fait le Mercora. D'un futur lointain ? >

< Très, très lointain… >, ai-je répondu.

< Ne commence pas avec tes explications tech-

niques s'il te plaît, a dit Marco d'un ton pince-sans-rire. Écoutez, monsieur ou madame le Mercora, nous ne sommes pas ceux que nous semblons être. Si vous nous promettez de ne pas le dire aux gens qui vivront ici dans plus de soixante-cinq millions d'années, nous allons vous montrer qui nous sommes, d'accord ? >

< Oui, allons-y, a approuvé Jake. Qu'est-ce que nous avons à perdre ? >

< Rien, à part la vie >, a ajouté sèchement Rachel.

< Je n'oblige personne à le faire, a-t-il repris d'une voix contrariée. Je pense simplement que nous devrions démorphoser. >

C'est ce que j'ai commencé à faire. Pour les Mercoras, ce devait être un spectacle étrange. Ils ont ouvert un nombre impressionnant de leurs yeux. Tobias, qui était un dinosaure, est devenu un faucon. Rachel est redevenue humaine. Cassie, Marco et prince Jake ont quitté leur corps d'oiseau pour retrouver leur corps humain. Quant à moi qui était un rapace, je suis redevenu andalite.

< Comme vous pouvez le constater, ai-je expliqué, nous appartenons à deux espèces différentes. Ils sont humains. Je suis andalite. >

< Et lui, il est quoi ? > a voulu savoir le Mercora en dirigeant ses deux mains vers Tobias.

< Lui, il est humain, mais il a été victime d'un accident et il est resté prisonnier de son animorphe. >

< Vous êtes des créatures étranges, a déclaré le Mercora. Mais vous êtes les bienvenus, si toutefois vos intentions sont pacifiques et que vous n'êtes pas des alliés des Nesks. >

– Ce sont les Nesks qui nous ont poursuivis jusqu'ici, a dit Rachel.

< Vous produisez des sons en parlant ! > s'est exclamé le Mercora.

– Oui, c'est toujours comme ça quand nous ne sommes pas en animorphe, a expliqué Rachel avant de reprendre :

– J'ai comme dans l'idée que vous ne vous entendez pas très bien avec les Nesks.

< Ils ont essayé de nous détruire. Ils veulent être les seuls à occuper cette planète. Mais nous n'avons pas l'intention de partir. Notre monde est ici désormais. Notre planète natale a été détruite lorsque notre soleil a été englouti par un trou noir. Nous sommes les seuls survivants du peuple mercora. Et nous ne pouvons pas quitter cette planète. Nous ne le voulons pas

d'ailleurs. Elle est superbe. Superbe. Et désormais, elle sera la nôtre pour toujours. >

Un deuxième Mercora a pris la parole.

< De quelle planète du futur venez-vous, vous les humains et les Andalites ? >

Cassie a commencé à répondre :

– En fait, nous venons de la terre. C'est ainsi que s'appelle…

Soudain, elle est devenue silencieuse, comme quelqu'un qui aurait été sous le choc d'une émotion violente. Tobias la fixait avec intensité. Puis, dans un murmure, il s'est adressé à moi comme il s'était adressé à elle pour la faire taire, en dirigeant sa parole mentale de manière à ce que les Mercoras ne se doutent de rien.

< Personne ne doit leur dire que nous venons de cette planète, a-t-il expliqué. Vous m'entendez ? Nous ne devons pas leur dire qu'il s'agit de notre monde. >

Sur le coup, j'ai été surpris. Puis, lentement, j'ai commencé à comprendre.

Les Mercoras se trompaient. La terre ne serait pas leur planète pour toujours. Un jour ou l'autre, ils allaient partir… ou être détruits.

CHAPITRE 26

MARCO

– **V**ous savez, pour des gros crabes tout tordus aux yeux monstreux, ils sont plutôt sympas comme types, ai-je dit tandis que j'étais bien calé dans un champ de force en forme de fauteuil teinté délicatement en bleu.

Une journée était passée. Les Mercoras avaient soigné l'aile de Tobias qui était de nouveau en parfaite santé. Ils nous avaient nourris, avaient aménagé un endroit pour nous loger et ils avaient même essayé de nous fabriquer des vêtements. Je me sentais vraiment détendu. Je regardais par la fenêtre et je voyais, en contrebas, les Mercoras qui s'affairaient dans les champs, cultivant soigneusement leurs brocolis.

Oui, leurs brocolis. A l'origine, ces machins ne poussaient pas sur terre. Les Mercoras les ont apportés de leur planète d'origine. Ce qui explique beaucoup de choses, je trouve.

– Nous avons un appartement sympa. Nous sommes nourris. Dommage, nous n'avons que des légumes mais, dans peu de temps, nous pourrons lancer la mode du McRex : deux steaks de tyrannosaure, de la sauce spéciale dinosaure, de la salade, du fromage, des cornichons, des oignons, le tout entre deux petits pains aux graines de sésame. Le McRex, le hamburger de la préhistoire. Et, je ne voudrais pas me montrer impoli avec nos nouveaux amis, mais je parie que ces Mercoras, accompagnés d'une petite mayonnaise, seraient tout simplement délicieux.

– Qu'est-ce que nous faisons au juste ici ? a demandé Rachel. Est-ce que nous allons rester là, assis dans ces fauteuils invisibles, à manger des brocolis et à écouter Marco débiter ses imbécilités ?

A ce moment-là, Ax est revenu dans la pièce. Il était allé parler avec les Mercoras. Ils trouvaient plus facile de communiquer avec lui, car il s'exprimait en parole mentale, comme eux.

< J'ai interrogé les Mercoras, a-t-il annoncé. D'après eux – et c'est également mon avis – pour refermer la fissure Sario et revenir à notre époque,

nous aurions besoin d'une explosion de grande puissance. Au moins aussi forte que celle qui s'est produite à bord de ce sous-marin. Les Mercoras ont alors remarqué qu'une telle explosion détruirait entièrement cette colonie de peuplement. >

– Et alors ? Il faudrait le faire ailleurs, loin d'ici, a dit Rachel.

– Et détruire des centaines de dinosaures ? est intervenue Cassie.

– En plus, a noté Jake, les Mercoras nous ont déjà dit qu'ils ne contrôlaient pas les alentours. Dehors, au-delà du champ de force, c'est le territoire des Nesks.

Je suis descendu de mon siège et j'ai pris un morceau de carotte dans un seau réfrigéré. Au moins, les carottes étaient bien des légumes terriens. J'ai croqué dedans tout en pensant à faire une blague à propos de Bugs Bunny, mais je ne l'ai pas trouvée drôle.

– Écoutez, ai-je alors dit, nous voulons tous rentrer chez nous, non ? Nos famille. Mon père. Or soit nous le pouvons, soit nous ne le pouvons pas. Et si nous ne le pouvons pas, vraiment pas, alors il faudrait peut-être penser à profiter au mieux de notre séjour ici.

Ax est venu se mettre près de la fenêtre. Il regardait vers l'extérieur avec ses yeux principaux. Un de ses tentacules oculaires était tourné vers moi. L'autre était dirigé vers le reste du groupe.

< De toute manière, les Mercoras n'utilisent pas d'armes explosives. Ils n'auront jamais quelque chose d'assez puissant. Cependant… >

J'ai vu Rachel tourner la tête brusquement.

– Cependant quoi ?

< Cependant, ils prétendent que les Nesks possèdent de puissantes armes. Une de leurs bases se trouverait à une vingtaine de kilomètres d'ici. Une base très bien défendue. Aucun vaisseau mercora ne peut espérer s'en approcher. En quelque sorte, ils sont à égalité. Les Nesks sont incapables de franchir ce champ de force pour atteindre la vallée. Les Mercoras, eux, ne peuvent détruire la base des Nesks. >

– Est-ce que tu suggères quelque chose ? a demandé Jake.

< Non, je me contente de vous répéter ce que j'ai appris en parlant avec les Mercoras. >

Je me suis assis. J'ai regardé Ax droit dans l'œil, celui qui était dirigé vers moi.

– Bon d'accord, et tu n'aurais pas oublier de nous dire un truc ?

Ax s'est tourné vers les autres, tout en gardant un œil sur moi.

< Les Nesks sont des pilleurs. Les vaisseaux avec lesquels ils volent, les armes qu'ils utilisent, tout cela est copié sur les peuples qu'ils ont vaincus. Ils ont imité les formes et les corps des autres pour pouvoir utiliser des armes et conduirent des vaisseaux. Ils pensent que les dinosaures leur appartiennent, qu'ils sont leur propriété. Ils pensent que cette planète leur appartient. Mais ils ne peuvent tolérer la présence d'autres êtres doués de raison, d'intelligence. Ils sont bien décidés à éliminer les Mercoras. >

— Tu sais, qu'est-ce que ça peut bien faire qu'il s'agisse de fourmis de l'espace ou de bonnes vieilles fourmis terrestres, les fourmis, de toute manière, ne sont pas sympas, ai-je dit avant de me mettre un autre morceau de carotte dans la bouche.

Rachel a haussé les sourcils.

— Les fourmis ne sont pas sympas ? Que voilà une réflexion brillante.

— Bien, a résumé Jake. Nous avons donc deux espèces extraterrestres en train de se battre pour le contrôle de la terre. Les Mercora semblent foncièrement inoffensifs. Ils cherchent juste à cultiver des brocolis...

– Ce qui n'est pas inoffensif, ai-je grommelé.

– ... et à vivre en paix dans leur vallée. Les Nesks, en revanche, sont agressifs et meurtriers. Les Mercoras ne peuvent pas nous aider. Les Nesks le pourraient, mais ils ne le feront pas parce que nous sommes, comme eux, une espèce douée d'intelligence et qu'ils ne supportent pas ce genre de concurrence.

– Tu n'as qu'à envoyer Marco leur parler, a proposé Rachel de manière très spirituelle. Ils ne s'apercevront de rien.

– Ah ! ah ! ah ! et encore ah ! ah ! ai-je fait. Bon, soyons sérieux, les Nesks n'ont pas tué le spinosaure qui s'apprêtait à dévorer Rachel et Tobias, exact ?

Tobias a arrêté de se lisser les plumes. Il était perché sur une table champ de force et venait de déguster un délicieux rat préhistorique que lui avait apporté un Mercora attentionné.

< Ils l'ont assommé, mais il était toujours en vie. >

– Bien. Je pense donc que les Nesks n'ont rien contre les dinosaures. Je veux simplement dire que si une soucoupe volante mercora s'approche de leur base, ils vont la détruire. Mais que feraient-ils en voyant approcher une armée d'un genre complètement différent ?

Rachel m'a soudainement agrippé l'épaule de manière si enthousiasme qu'elle m'a fait mal.

– C'est un miracle ! Marco vient d'avoir une bonne idée. Nous pourrions morphoser en dinosaures et rentrer dans le tas, déclencher une bonne vieille explosion et refermer la fissure Sario d'Ax.

< Ce n'est pas ma fissure… >, a-t-il commencé.

– Soyons clairs, est intervenue Cassie. Si nous attaquons les Nesks, ce n'est pas pour intervenir dans la guerre qui les opposent aux Mercoras.

– Écoute, ai-je repris en enlevant les doigts de Rachel de ma clavicule. Nous avons besoin de provoquer une grosse explosion pour espérer refermer la fissure Sario. Les Nesks ont des choses qui font « boum ». Et ils ne s'attendent pas à ce qu'un troupeau de dinosaures viennent leur emprunter une bouteille de plutonium, non ? Je ne pense pas que ça pose trop de problèmes de conscience, non ?

< Du plutonium ? >

Ax s'est mis à ricaner comme si je venais de faire une bonne blague.

< Oh, pardon, tu es sérieux. Mais les Nesks possè-dent peut-être des explosifs plus évolués. >

– Mais tu ne te rends pas compte ? s'est écriée Cassie. Nous ne pouvons pas provoquer une telle bataille. Nous désirons tous rentrer chez nous. Mais nous avons fait un bond de soixante-cinq millions d'années dans le passé. Et nous ne sommes pas censés être ici. Tout ce que nous allons faire pourrait influer sur le cours de l'histoire future d'une manière dramatique.

– Hum, a fait Jake en hochant la tête.

– Nous pourrions provoquer quelque chose sans même le savoir, a-t-elle insisté. Nous pourrions… je ne sais pas, provoquer des choses dramatiques ! Dramatiques !

– Si nous pouvions faire en sorte que le groupe Han-son n'existe pas, alors je suis partant, ai-je ajouté.

– Ça te plairait d'éliminer tous les garçons qui sont plus mignons que toi, hein Marco ? s'est moquée Rachel. Ce qui représente la moitié de la race humaine.

– Nous ne pouvons pas nous permettre de jouer avec le futur, a repris Cassie. Tout ça est trop compliqué. Trop de conséquences que nous ne maîtrisons pas.

< Il est trop tard, a déclaré Tobias qui intervenait pour la première fois. Nous avons déjà des *Homo*

sapiens qui vivent hors de leur temps. Sans parler de moi. On ne sait même pas ce que je suis. Ce rat que je viens juste de manger ? Ce rat était peut-être celui qui portait en lui les ressources génétiques nécessaires pour qu'un jour apparaisse un rat plus intelligent. Et cinquante millions d'années plus tard, son ADN aurait peut-être été nécessaire à l'évolution des primates. Je viens peut-être d'empêcher l'apparition de la race humaine. >

Il a regardé par terre les restes de fourrure et les petits os.

< En plus, il n'était même pas bon. Trop maigre et trop filandreux. >

Tour à tour, nos regards se sont tous fixés sur Jake.

— Trop, c'est trop ! Maintenant, je suis supposé décider des choses qui vont peut-être empêcher l'apparition de la race humaine ?

— Eh oui, toi tu es Batman, ai-je dit. Moi, je ne suis que Robin, le beau gosse, ai-je ajouté en lançant un regard malicieux à Rachel.

Jake a haussé les épaules.

— Que devons-nous faire ? Rester assis sans rien faire d'autre que vieillir et manger des brocolis avec nos amis les crabes ? Sans jamais essayer de rentrer à la maison ?

< Il y a une autre chose à prendre en compte, a estimé Ax. Nous sommes ici. Ce qui signifie que nous étions là, soixante-cinq millions d'années avant que l'homme n'apparaisse sur terre. En d'autres termes, notre présence est peut-être vitale pour le futur. Nous avons peut-être fait quelque chose sans quoi rien de tout ce que nous connaissons ne serait arrivé. >

– Est-ce que je suis le seul à avoir la tête qui explose ? ai-je demandé.

– Super ! s'est exclamé Jake en tapotant nerveusement son pied contre le sol avant de faire un tour sur lui-même. Bien, si je propose qu'on attaque les Nesks, le futur tout entier est menacé. Et si je propose qu'on ne les attaque pas, ce n'est pas mieux. Excellent, parfait. Tout cela a le mérite d'être parfaitement clair.

< Ce n'est pas très clair, a déclaré calmement Tobias. Il y a une autre solution si évidente que nous ne pouvons pas l'ignorer. >

Personne n'a demandé ce qu'il voulait dire par là, car à ce moment-là des Mercoras sont venus nous apporter de la nourriture supplémentaire. Mais j'avais enregistré ses mots. Je les avais enregistrés dans un coin de ma tête et je me promettais de revenir les chercher pour en comprendre la signification.

CHAPITRE 27

AX

J'ai souvent été étonné par la capacité de prince Jake pour prendre des décisions. Je l'appelle « mon prince » parce que tous les guerriers andalites doivent avoir un prince à servir. Mais je me rends parfaitement compte qu'il n'est qu'un jeune humain, et que je ne suis qu'un jeune Andalite.

Et cependant, il est très impressionnant pour un humain de cet âge. Il comprend instinctivement que ne prendre aucune décision, c'est quand même prendre une décision. Il accepte donc d'assumer ses responsabilités.

S'il était andalite, il ne fait aucun doute qu'il deviendrait un véritable prince. Même si je dois reconnaître qu'il se débrouille très bien pour un humain.

En définitive, nous avons décidé « de nous lancer ». Il s'agit d'une expression humaine. Si je l'ai bien comprise, elle signifie que, même si l'on n'a pas une idée précise de ce que l'on va faire, on va le faire quand même.

Nous avions décidé de passer à l'attaque à l'aube. J'ai demandé pourquoi à l'aube.

— C'est une tradition, m'a expliqué Marco. On prend des bains à minuit, on mange à midi, mais on attaque à l'aube.

Comme la plupart du temps, j'avais du mal à suivre ce raisonnement typiquement humain.

— Les exécutions ont également lieu à l'aube, a ajouté Cassie.

— Merci pour cette remarque pleine d'optimisme, a fait Rachel.

Nous avons expliqué notre plan aux Mercoras. Ils ont approuvé. Nous voulions attaquer la base nesk et nous emparer d'une arme explosive. D'une bombe. D'une bombe atomique comme disaient mes amis humains. Puis ils voulaient retourner dans l'océan et essayer de la faire exploser pour refermer la fissure Sario et que nous puissions retrouver notre époque.

J'espérais que les Mercoras auraient une idée de la manière dont nous pourrions procéder. Car moi, je n'en avais aucune. Nous avions eu des cours sur la fissure Sario à l'école. Mais je crois que je n'avais pas été très attentif ce jour-là, et puis on ne peut pas retenir tout ce qu'on apprend à l'école. N'est-ce pas ?

J'étais persuadé que mes amis humains pensaient comme moi. Mais pour en être tout à fait sûr, j'ai décidé de leur en parler alors que nous étions à bord d'un véhicule de transport mercora, en route vers la base nesk.

< Prince Jake, tu sais certainement que je n'ai aucune idée précise de la manière dont il faut provoquer cette explosion pour refermer la fissure Sario. Je ne sais ni où, ni quand, ni comment. >

– Quoi ? Quoi ?!

Je m'étais trompé. Il était clair, d'après l'expression de son visage, au ton de sa voix qui est peu à peu monté pour finir comme un cri, et également à la manière dont il m'a regardé en fronçant les sourcils puis en ouvrant de grands yeux, que prince Jake ne le savait pas.

< Je sais que nous devons provoquer une explosion. Mais je ne sais pas exactement où ni quand. Enfin je suppose que ce doit être près de l'endroit où nous avons pénétré pour la première fois dans cette époque. Je suis sûr de ça. Enfin, presque sûr. >

— Tu ne crois pas que tu aurais dû nous dire ça plus tôt, a fait Marco. Par exemple, avant que nous ne décidions d'organiser cette mission suicide.

— Enfin, de toute manière, nous avons besoin de cette bombe, non ? est intervenue Rachel. Quelque soit la manière dont nous allons l'utiliser, nous en avons besoin. Alors, on y va.

— Oh, j'ai horreur quand Rachel dit : « On y va », a grommelé Marco. En fait, j'ai changé d'avis, je crois que je vais finir par aimer les brocolis.

Un des trois Mercoras qui nous accompagnaient s'est tourné vers nous pour nous faire face. Il a ouvert une demi-douzaine de ses yeux en un rapide clignement.

< Nous approchons de l'endroit où nous allons devoir vous laisser. Nous nous trouvons à la lisière de leur dispositif défensif. Nous ne pouvons pas aller plus loin. Nous sommes approximativement à zéro virgule zéro zéro zéro zéro deux six huit seconde-lumière de leur base. >

— Ce qui nous donne… ? m'a demandé prince Jake.

< Approximativement deux et demi de vos kilomètres >, ai-je répondu.

— Deux kilomètres et demi ? Dans la nuit ? Ici, au

beau milieu de Crétacéous Park ? s'est exclamé Marco. Ça fait une sacrée trotte, non ?

Mais les Mercoras étaient formels. S'ils avançaient plus loin, l'engin serait immédiatement repéré et pris pour cible. Les Mercoras étaient très avancés dans le domaine des champs de force, mais leurs véhicules étaient très archaïques et lents comparés à ceux des Andalites. Enfin, comparés à ce que seraient les véhicules andalites dans soixante-cinq millions d'années.

Il faisait sombre dehors. Les Mercoras n'avaient pas allumé les phares de leur véhicule. Quand j'ai descendu la passerelle de débarquement, la chose la plus lumineuse était la comète, dans le ciel. Elle était étonnamment proche désormais. Sa queue allait certainement frôler la terre lorsque sa trajectoire l'amènerait par ici.

Nous disposions encore de deux heures avant l'aube. C'était donc le temps que nous avions pour parcourir les deux kilomètres et demi qui nous séparaient de la base des Nesks. Nous devions être prêts à attaquer dès que le soleil commencerait à se lever.

< Prends ça, Andalite >, m'a dit le co-pilote mercora.

Avec l'une de ses mains, il m'a donné un petit transmetteur.

< Un transmetteur de parole mentale ? >

< Oui. Les humains ne peuvent pas l'utiliser, mais toi si. >

< Pourquoi me donner ça ? >

< Vous nous informerez du déroulement de votre mission >, a répondu le Mercora.

< Est-ce que vous vous proposez de nous aider ? >

< Non. Nous possédons trop peu de véhicules et d'équipements pour risquer de les perdre. >

J'ai hoché la tête comme pour montrer que je comprenais. Mais j'étais perplexe. Les Mercoras sont remontés à bord de leur engin qui a glissé silencieusement sur le sol en diffusant une étrange lueur violette avant de disparaître dans les ténèbres.

Je ne sais pas si mes amis humains ont réagi comme moi, mais j'ai ressenti une profonde solitude. Je connais la solitude, puisque je suis le seul Andalite de la planète terre. Mais là, je me sentais encore plus seul que d'habitude. Mon peuple était à dix millions d'années de moi.

Nous étions dans les ténèbres, dans les ténèbres profondes, avec une comète scintillante au-dessus de nos têtes, dans un passé qui n'était pas le mien, dans un passé où vivaient des monstres destructeurs.

Au loin, j'ai entendu un cri :

– Hun, hunrooooooar !

Et prince Jake a dit :

– Allons-y, morphosons.

CHAPITRE 28
CASSIE

Je ne voulais pas être là. Je ne voulais pas faire ça. Nous n'avions pas vraiment de plan. Nous ne savions pas avec précision comment nous allions nous y prendre. Pourtant, je ne pouvais pas abandonner mes amis. Il n'en était pas question. Surtout alors qu'ils s'apprêtaient à affronter le danger.

J'ai regardé en l'air. La comète était incroyablement grosse dans le ciel. Sa queue occupait au moins un quart de l'horizon. C'était magnifique. Et effrayant. Loin devant nous, en direction de la base nesk, une lueur rouge semblait flotter dans les airs. j'ai réalisé qu'il s'agissait du sommet du volcan.

– Allons-y, morphosons, a dit Jake.

Il n'y avait aucun doute sur l'animorphe qu'il voulait que nous prenions. Ce n'était pas un endroit pour morphoser en balbuzard, en dauphin, en putois, ni même en loup. Nous étions au pays des dinosaures. Je ne possédais qu'une animorphe adaptée à ce genre de situation.

Celle du *Tyrannosaurus Rex*. Le roi des lézards géants.

Dans toute l'histoire de la Terre, durant ces millions d'années, des millions d'animaux sont apparus et ont disparu, mais aucun prédateur n'a été aussi puissant que cette créature.

— Je n'y crois pas, je suis obligée de me contenter d'une minable animorphe de deinonychus, se plaignait Rachel. Vous êtes tous supercostauds et nous, avec Tobias, on est de vrais babynosaures.

— J'aurais préféré ne pas faire ça, ai-je soupiré.

— Oui, tu as raison, a grogné Rachel.

Il y a toujours des choses que je ne comprends pas chez Rachel. Et je pense que, parfois, elle aussi a du mal à me comprendre. Rachel adore les animorphes de gros prédateurs. Moi non. Je n'accepte pas de blesser qui que ce soit ou quoi que ce soit. Même quand je me trouve dans des situations extrêmes. Même si je n'ai pas d'autre choix.

— Je vais te dire une chose, est intervenu Marco. Si tu veux te balader la nuit dans ce Crétaceous Park, il vaut mieux que tu sois bien armé. Et pour ça, rien de mieux qu'un bon gros T-rex.

– Je préférerais être protégée par un champ de force mercora, ai-je répondu. J'apprécie la manière dont ils procèdent : ils se protègent sans être obligés d'avoir recours à la violence.

< Mais apparemment, ça ne les dérange pas qu'on soit violents pour eux >, a remarqué Tobias.

Je l'ai cherché du regard dans le noir. Il était déjà en train de morphoser. Il quittait son corps d'oiseau pour devenir un dinosaure de la taille d'un humain.

– Ok, allons-y maintenant, a fait Marco qui s'impatientait. Vous savez, j'ai un mauvais souvenir de ma dernière rencontre avec un tyrannosaure. Je ne voudrais pas me retrouver là à débattre tranquillement au moment où l'un d'eux va pointer son gros museau à la recherche d'un bon petit déjeuner.

Jake a alors pris la parole :

– Rachel, Tobias, vous gardez un œil sur nous. C'est une nouvelle animorphe pour nous quatre. Il est difficile de savoir comment nous allons réagir.

J'ai inspiré profondément. Jusqu'au dernier moment, je crois que j'espérais que nous allions changer d'avis. Mais l'heure avait sonné.

Je me suis concentrée sur le tyrannosaure dont l'ADN était en moi. Et j'ai laissé se faire la transformation.

Je m'attendais à grandir brusquement. Mais les premiers changements ont été plus subtils. Ma peau est devenue rugueuse et s'est détendue. Elle n'était plus à ma taille. De la peau de lézard. De crocodile.

Mes mains se sont fendues en deux. Mon pouce et les deux doigts suivants se sont regroupés. Les autres ont fait de même. Puis les os de mes doigts ont traversé ma peau de reptile pour former deux petites griffes acérées.

J'ai senti le reste de mon squelette grossir et devenir massif. Mon bassin est venu appuyer contre la chair. J'ai cru qu'il allait la transpercer. Mais c'est alors que j'ai réalisé que j'avais commencé à grandir. Je m'élevais toujours plus rapidement dans les airs.

Mes jambes se sont elles aussi mises à grossir et à grandir. Mes muscles se sont développés. A eux seuls, certains étaient bien plus gros que mon ancien corps humain. Des os et des muscles, des os et des muscles.

Ma colonne vertébrale s'est étirée en grinçant. Ce bruit a raisonné dans ma tête. Sa base s'est mise à pousser toujours plus : deux, trois, quatre, cinq mètres ! Et ça continuait.

Mes pieds sont devenus énormes, ils étaient formés de trois doigts géants se terminant chacun par une griffe pointue et aiguisée. J'ai senti mon poids reposer sur ses pieds énormes, j'ai senti mes griffes s'enfoncer dans le sol humide alors que je prenais des tonnes et des tonnes.

Mais par-dessus tout, c'est la tête du tyrannosaure qui m'a semblé la plus impressionnante. Ma machoire qui se mesurait en centimètres, se mesurait maintenant en mètres. Mes os se sont développés et alourdis. Mes muscles se gonflaient sous la peau rugueuse. Mon visage s'est bombé vers l'avant. Mes yeux sont partis chacun d'un côté, brouillant ma vue jusqu'à ce qu'ils prennent leur place définitive.

Ma tête s'est mise à se développer dans toutes les directions à la fois. Elle devenait toujours plus grosse ! Elle était loin du sol désormais. Je me balançais sur mes puissantes pattes, ma queue reposant sur le sol, le corps penché en avant, en équilibre.

Et, pour finir, sont apparues les dents. J'ai ressenti une démangeaison dans la bouche lorsque mes dents humaines, ridiculement petites, se sont mises à grandir de manière démesurée pour atteindre entre dix et quinze centimètres. Elles sont également devenues plus nombreuses, deux fois plus nombreuses. Elles ont jailli de ma mâchoire massive.

Voilà, la transformation était terminée. Plus de dix mètres du sommet de mon crâne au bout de ma queue : plus long qu'un bus. Six mètres de hauteur : la taille d'une maison à un étage. Sept tonnes de muscles et d'os : le poids de cinq voitures.

La puissance et la vitesse incarnées. Plus de puissance que le monde n'en a jamais vu et n'en verra jamais.

J'étais devenu un *Tyrannosaurus rex*.

Le roi des dinosaures.

CHAPITRE 29
MARCO

Encerclé ! J'étais encerclé par des ennemis ! Je les voyais rôder autour de moi. Ils voulaient me combattre pour de la nourriture. Ils voulaient me voler mes proies. Ils avaient pénétré sur mon territoire.

– Rrrroooaaaarrr ! ai-je hurlé de rage.

– HeeeRrrroooaaaarrr ! m'ont-ils répondu, les uns après les autres.

Nous étions quatre rassemblés ici, dans un même lieu. Impossible ! Il s'agissait de mon territoire. Du mien !

– HeeeRrrroooaaaarrr ! ai-je grogné de nouveau.

Mais les autres ne sont pas partis pour autant. Ils m'ont répondu. Quatre voix énormes criaient leur indignation et leur colère. Nous proférions nos menaces, mais personne n'était disposé à s'enfuir. J'ai donné de grands coups sur le sol avec mes pattes. J'ai balancé ma queue d'un côté puis de l'autre. Les autres ont fait exactement comme moi. Ils ont lancé leurs énormes pattes dans ma direction, puis chacun a fait ça vers les autres. Leur queue s'agitait violemment, arrachant des buissons et des petits arbres du sol. Le message était clair. Il fallait que l'un d'entre nous cède. Sinon, la seule alternative était le combat.

— HeeeRrrroooaaaarrr ! avons-nous crié chacun à notre tour en nous balançant d'une patte sur l'autre, remuant notre queue et notre énorme tête, ouvrant grand notre gueule pour montrer nos énormes crocs.

Et puis… une odeur.

Nous l'avons tous sentie en même temps. Les mugissements se sont tus. J'ai tourné la tête vers l'endroit d'où elle provenait. L'obscurité. Mais l'odeur était toujours là : de la chair vivante. Une proie.

< Hé la compagnie, vous êtes en train de vous laisser submerger ! Jake, Cassie, Marco, vous ne maîtrisez pas votre animorphe ! >

Des proies à quelques mètres de nous. Deux petites créatures. Seulement deux,   et nous étions quatre. Pas assez de proies. Les autres allaient essayer de les attraper avant moi.

J'ai bondi !

Les petits dinosaures ont fait demi-tour et se sont mis à fuir. J'étais à leur poursuite.

< Jake ! Ax ! Marco, imbécile ! Vous êtes prisonniers des instincts de votre animorphe ! Vous êtes en train de nous courir après. >

Des sons dans ma tête. Dont je ne comprenais pas le sens. Courir, courir, la chasse était ouverte ! Mais les autres étaient toujours là. Ils couraient aussi. Ils essayaient de me voler ma proie !

< Vous commencez à être pénibles ! Arrêtez de nous poursuivre ! >

< Rachel, ils vont nous rattraper ! Je pense que nous devrions changer de direction. >

< Ouais, je ne tiens pas à servir de petit déjeuner à Marco. Tu parles d'une humiliation ! Quand je dirai « maintenant ! » nous ferons demi-tour ! >

< D'accord. >

D'autres sons dans ma tête. Étranges. Mystérieux. Dérangeants.

< Maintenant ! >

Les deux petites créatures agiles se sont soudain arrêtées, puis se sont mises à me foncer dessus. En un éclair, elles ont filé derrière moi. Je me suis arrêté à mon tour. J'ai plissé les yeux. Je ne savais quoi penser.

Et c'est alors que j'ai senti de nouvelles proies. Plus nombreuses ! Toutes proches. Le vent soufflait dans ma direction. Je savais que c'était une bonne chose. Quand le vent souffle dans votre direction, les proies ne s'enfuient pas aussi rapidement.

J'ai vite oublié les deux petites créatures pour me précipiter vers le troupeau dont j'avais repéré l'odeur droit devant dans les ténèbres.

< Je n'ai jamais vu une animorphe qui semble aussi dure à maîtriser. >

< Je sais. Je commence à me faire du souci. >

< Jake ! C'est moi, Rachel. Reprenez-vous. Cassie, ma grande, c'est moi Rachel. Vous êtes totalement sous l'emprise de l'animorphe. >

Les proies étaient proches désormais. Oui, je pouvais les sentir très distinctement. J'ai regardé les autres. Ils marchaient à mes côtés dans les ténèbres. Il y avait beaucoup de proies cette fois-ci. Assez pour tout le monde.

Plus près... toujours plus près...

A l'attaque !

J'ai foncé droit devant moi à toute allure. A l'attaque ! La queue relevée, la tête penchée en avant, je me suis précipité sur la proie sans défense !

J'ai distingué une forme dans l'obscurité. Une proie ! J'ai vu un ventre rond, un dos bombé. J'ai vu des cornes. Deux très longues et une plus courte.

Ces cornes m'ont un peu contrarié. Mais il était trop tard pour renoncer à mon attaque ! Rien ne pouvait plus m'arrêter. Rien ne pouvait plus m'échapper.

Les cornes se sont tournées vers moi.

Hummm... J'ai fait un écart sur la gauche. Les cornes aussi. Hummm... J'ai ralenti. Puis je me suis arrêté.

– Snorf ! Snorf ! ont fait les créatures cornues.

J'ai remarqué que les autres faisaient comme moi. Tous fixaient les créatures à cornes. Tous avaient stoppé leur attaque.

< Bien, ils vont peut-être se calmer maintenant, a résonné une voix dans ma tête. Hum, vous m'entendez ? Ce sont des tricératops. >

Hummm ?

< Jake, Ax, Cassie, Marco, réagissez. Vous êtes en animorphe. >

En animorphe ? Moi ? Marco ?

Yaaaahhhh ! Mon cerveau a soudain refait irruption. J'étais moi de nouveau. Bon d'accord, moi dans un corps de plusieurs tonnes.

A cet instant, l'un de nous a attaqué.

– Rooooaaaarrrr !

Un tyrannosaure a soudain fait un bond sur la droite, il a fait pivoter sa tête et a refermé son immense mâchoire sur l'épine dorsale d'un tricératops.

– Rrraaa, rrrrraaarr ! a hurlé l'animal.

Et tout est alors devenu complètement dingue.

Le tricératops, qui me regardait fixement, a foncé sur moi. Des cornes de plus de un mètre de long, incroyablement meurtrières et poussées par six tonnes de chair, visaient mon estomac !

J'ai bondi en arrière : deux secondes de plus et j'aurais été transpercé !

Un autre tyrannosaure (je ne sais pas si c'était Jake, Cassie ou Ax) s'est jeté dans la bagarre en poussant des hurlements. Avec sa mâchoire énorme, il a essayé d'attraper une corne et de la coincer.

La bataille faisait rage. Tyrannosaure contre tricératops. Le genre de combat qu'imaginent les enfants avec leurs jouets en plastique. De la folie à l'état pur.

< Espèce d'idiots, a rugi Rachel, arrêtez-ça, arrêtez tout de suite ! >

Mais bien vite, Tobias et elle sont à leur tour entrés dans la cage aux fauves pour essayer de nous aider.

Ils n'étaient pas bien gros, mais ils avaient plus d'agilité que nous pour attaquer ces tricératops massifs, aussi énormes que des éléphants.

Mon ennemi s'est arrêté pour reprendre son souffle, puis il s'est précipité sur moi à nouveau. J'ai reculé : je voulais éviter de me battre.

< Aaaahhhh ! >

J'ai trébuché, j'ai réussi à me relever à moitié, mais je me suis senti tomber. J'ai essayé de me rattraper avec mes pattes avant, mais je n'y suis pas arrivé. Je me suis écroulé par terre, sur le côté.

Le tricératops allait me transpercer !

< Aaaaaaarrrrrgggghhh ! >

Il venait de planter son énorme corne dans mon ventre ! Elle s'était coincée entre deux côtes. J'ai ressenti une douleur intense.

Mais le tricératops était maintenant à ma merci. Ses cornes redoutables étaient neutralisées et sa patte avant était à ma portée.

J'ai ouvert ma mâchoire en grand, j'ai avancé la tête et crock ! j'ai mordu de toutes mes forces !

Le tricératops a reculé. J'ai lâché sa patte pour mordre son estomac, mais j'ai manqué mon coup. Il allait de nouveau charger et moi, j'étais toujours allongé, couché sur le côté et le sang coulant de ma blessure.

J'ai lancé mes pattes en avant pour lui enfoncer mes griffes dans la figure. J'ai attrapé la corne qui était la plus proche de moi et j'ai poussé pour essayer de prendre de l'élan et de m'écarter.

Sous la puissance de la charge du tricératops, je me suis vu projeté en arrière mais, cette fois, j'avais évité ses cornes.

J'ai été propulsé contre quelque chose qui s'est fendu et qui s'est écroulé : c'était un arbre, je venais de m'écraser contre un arbre !

J'ai fini par me remettre sur mes pattes et, croyez-moi, ce n'est pas une mince affaire quand on est un tyrannosaure ! Je me suis relevé juste au moment où le tricératops s'apprêtait à charger de nouveau. J'ai reculé mais, maintenant, il y avait des arbres tout autour de moi qui me retenaient, comme si j'avais été emprisonné dans une cage.

C'est alors que, surgissant des ténèbres, j'ai vu un autre tyrannosaure bondir sur mon tricératops ! Il a ouvert sa gueule en grand et a enfoncé au moins trois douzaines de ses crocs qui faisaient plus de dix centimètres dans le cou de mon adversaire.

– HoooooRRRROOOAAARRR !

– RrrrrEEEEEEE ! RrrrrrEEEEE !

Emporté par sa fureur, l'immense prédateur a
soulevé le tricératops. Il avait beau être aussi gros
qu'un éléphant, l'autre l'a fait décoller comme une
plume.

Le tyrannosaure a balancé sa tête dans tous
les sens, secouant le tricératops, qui n'arrêtait pas
de hurler. On aurait dit un gros chien jouant avec
son os.

Puis le tricératops s'est arrêté de pousser des cris.
Son corps est devenu tout mou. Le tyrannosaure l'a
laissé tomber et lui a grimpé dessus.

– Huuu huuu huuurRRRRROOARR!

Il hurlait pour fêter sa victoire. Il en a fait trembler
les feuilles sur les arbres. Et jusque dans mon ventre
blessé, j'ai entendu résonner son cri.

– Huuu huuuuRRROOOOARRR !

Il a poussé un second cri.

Tout ça, c'était la loi de la nature, la cruelle loi du
plus fort, la puissance du muscle, des os, des griffes
et des crocs ; ce cri lugubre résumait à lui seul cette
soif de pouvoir, vieille comme le monde, et toujours
insatisfaite.

J'ai rassemblé tout mon courage, de peur que maintenant il ne s'en prenne à moi.

< Jake, c'est toi ? > ai-je demandé en utilisant la parole mentale.

< Non >, a répondu une voix.

CHAPITRE 30
JAKE

Cassie se tenait debout sur le cadavre du tricératops et elle continuait à rugir. Elle était la seule à être encore prisonnière des instincts du tyrannosaure. Et ça me faisait peur. Peur pour elle. Elle avait morphosé à contrecœur et, maintenant, elle avait perdu le contrôle de la situation. La douce Cassie était enfermée dans la tête d'un tueur !

Elle a tourné la tête et m'a regardé, les yeux pleins de rage.

< Qu'est-ce qu'on fait ? > a demandé Rachel.

Elle aussi avait peur. Et de voir Rachel dans cet état, j'avais deux fois plus peur. Elle n'est pas du genre à avoir facilement la frousse.

< Cassie, a hurlé Marco, reprends-toi ! >

Cassie s'est penchée sur le cadavre du tricératops et s'est mise à le déchiqueter. C'était une scène absolument répugnante. Le soleil était en train de se lever et, là, dans la pâleur du jour naissant, une créature de la taille d'un arbre en dévorait une autre, aussi grosse qu'un éléphant.

J'ai avancé sur mes impressionnantes pattes griffues. Cassie a tourné la tête vers moi et m'a menacé :

< N'avance plus. Il est à moi ! >

< Jake, reste en arrière, m'a crié Tobias. Tu empiètes sur son territoire. C'est sa proie. Elle ne peut pas faire autrement que de la défendre. Elle te tuerait. >

< Non. Mon animorphe de tyrannosaure, oui, elle la tuerait, mais à moi, jamais elle ne ferait de mal. >

Je savais ce que j'avais à faire. J'ai commencé à démorphoser.

< Prince Jake ! C'est stupide ! Pour elle, tu ne seras qu'une nouvelle proie ! >

< Non, elle ne me fera aucun mal. Elle va me reconnaître. >

Déjà, je commençais à rétrécir.

< Écoute un peu, Jake, a fait Marco, tu exagères peut-être un tout petit peu ton pouvoir de séduction, tu ne trouves pas ? Et si jamais elle t'attaque, il va falloir qu'on tente de l'arrêter. >

J'hésitais. Marco avait raison. Et si Cassie m'attaquait ? J'ai quand même continué à démorphoser. Je rétrécissais, je devenais plus petit et plus faible. Au-dessus de moi, les trois tyrannosaures m'apparaissaient de plus en plus gros. C'était la même impression que celle que doit ressentir une souris quand elle voit Tobias. Même le tricératops me semblait aussi gros qu'une baleine échouée sur une plage.

Cassie me regardait, intriguée. Ses yeux jaunes globuleux m'ont fixé, puis sont revenus sur sa proie pour ensuite jeter un regard belliqueux aux autres dinosaures.

Puis, doucement, tout doucement, quand ma peau a commencé à apparaître, quand mes doigts se sont formés, quand mon visage s'est aplati, que mes cheveux ont poussé et que des orteils ont remplacé mes serres, elle s'est mise à cligner des yeux.

< Oh, mon Dieu, qu'est-ce que j'ai fait ? >

Elle s'est éloignée du tricératops.

– Ne t'en fais pas, Cassie, lui ai-je dit, ce n'était qu'un dinosaure.

J'avais dit la première chose qui m'était venue à l'esprit. Je savais que ça ne serait pas suffisant. Pour Cassie, tous les animaux sont sacrés.

< Tu as perdu le contrôle de ton animorphe, a expliqué Rachel. Ça arrive. D'ailleurs ça vous est arrivé à tous les quatre. >

< Oh, mon Dieu ! > a répété Cassie, horrifiée.

< Écoute, Cassie, ce n'est pas de ta faute, a repris Rachel, c'était le tyrannosaure, et il a suivi ses instincts. >

< Je vous avais prévenus, je ne voulais pas morphoser ! > a hurlé Cassie.

Elle a commencé à démorphoser. Mais au même moment, moi, je morphosais de nouveau en tyrannosaure.

– Cassie, il faut que tu gardes ton animorphe, lui ai-je dit, nous avons une mission à accomplir.

< Non ! Je ne veux pas être ce... ce tueur ! >

Marco est intervenu :

< Il le faut, pourtant. On doit aller botter le train à ces fourmis de l'espace, tu te souviens ? >

< Allez, Cassie, on a besoin de toi >, a ajouté Rachel.

< J'ai détruit une créature vivante, une créature fantastique >, a-t-elle fait, attristée.

< Cassie, il faut te reprendre. Si l'on en croit notre oiseau de service, on est à la fin du crétacé, a dit

237

Marco, d'un ton très froid. Les hommes n'existent pas. Il n'y a pas de civilisation. Ni de morale, ni de religion, ni de philosophie. C'est la nature à l'état brut. Et tout ce qui compte, c'est de survivre. Survivre, tu m'entends ? >

< Survivre et retourner chez nous >, a corrigé Rachel.

< Bien sûr qu'il y a des humains. Nous sommes là, nous. Et nous représentons la civilisation. Nous avons tout ça en nous. Et peu importe l'époque où nous sommes. >

Marco a alors déclaré sèchement :

< C'est ça, tu as raison. L'époque n'a pas d'importance. Si nous étions en l'an 2000 ou en 2021, ce serait toujours une question de survie. Et quand on n'a pas d'autre choix que de tuer ou d'être tué, toutes ces histoires de morale ou de sentiment de culpabilité, c'est n'importe quoi ! >

Cassie s'est arrêtée de démorphoser. Pendant un long moment, personne n'a rien dit. Puis, finalement, elle a repris la parole :

< Tu sais quoi, Marco ? Tu es mon ami. Je ferais pratiquement n'importe quoi pour toi. Mais tu as tort. C'est vrai, nous aussi nous sommes des animaux.

Mais des animaux capables de réfléchir, capables de faire autre chose que de tuer ou d'être tués. Je ne pense pas que les prédateurs soient immoraux. Et je ne suis pas idiote, quoique tu en dises. Mais je suis un être humain. D'accord ? Et je me dois de réfléchir et de m'inquiéter pour les autres. Et je me dois d'avoir des sentiments. Sinon, il n'y aurait pas de différence entre moi et un gangster ou un nazi ou... >

< Un Yirk >, a ajouté Ax.

J'étais de nouveau un tyrannosaure. J'attendais que Marco sorte une brillante répartie. Mais elle n'est pas venue. On a repris notre chemin vers le camp des Nesks et il m'a murmuré à l'oreille pour ne pas que les autres entendent :

< Tu sais, Jake, je comprends pourquoi cette fille te plaît. >

CHAPITRE 31
AX

Quand nous sommes arrivés à la base nesk, le soleil était déjà haut dans le ciel. Il était situé près des basses collines qui entouraient le volcan, à un endroit où coulait un ruisseau à travers la roche grise poreuse, ce qui permettait à une végétation clairsemée de pousser.

De toute évidence, il s'agissait d'une base militaire. Rien à voir avec la cité pacifique et agricole des Mercoras. Le périmètre était délimité aux quatre coins par une tour de défense automatisée haute de trois mètres et équipée de nombreuses armes d'origines diverses. Je pouvais constater que différentes technologies étaient utilisées. Les Mercoras avaient raison : les Nesks étaient des pillards. Ils avaient volé toutes ces armes à des peuples d'origines diverses.

On pouvait dire la même chose des vaisseaux spaciaux visibles à l'intérieur du camp. Il y avait deux vaisseaux en forme de pyramide, tels que les avaient décrits Rachel et Tobias. Mais il y avait aussi un vaisseau au profil plus classique ainsi qu'un autre, étrangement ovale.

A première vue, il y avait très peu de mouvement dans le camp. Mais encore une fois, les Nesks sont une espèce particulièrement bizarre. Disons, des insectes sociables, avec une capacité à s'unir et à coopérer ensemble qui atteignait un degré incroyable. Ils s'assemblaient pour former des « corps » dans le seul but de pouvoir faire fonctionner les armes et les vaisseaux qu'ils avaient dérobés. Je suppose que le reste du temps, ils fonctionnaient séparément.

< Bon, tout le monde continue à avancer. L'air de rien. Comme si on faisait une petite promenade. Ax, qu'est-ce que tu en dis ? >

C'était prince Jake qui m'avait posé cette question.

< Je pense que les informations des Mercoras étaient exactes et que les Nesks ne s'intéressent pas le moins du monde aux dinosaures. Il est probable que les deux créatures qu'on voit là-bas ont traversé toute la base, si l'on en juge par leur position actuelle. >

< Ce sont des iguanodons >, a précisé Tobias.

< Vous voyez le monticule, là-bas ? a demandé Cassie. On dirait un tas de détritus, mais il est très haut et très étroit. Il doit être à eux. Ça ressemble à une termitière. Leur reine doit sûrement se trouver là. >

J'avais remarqué ce monticule, mais je n'y avais pas fait attention. Je l'ai regardé plus attentivement.

< Ce monticule de terre est protégé. Il y a des détecteurs de mouvements qui sont probablement reliés à des armes défensives. Les dinosaures peuvent circuler tranquillement dans la base, mais les Nesks interdisent l'accès à ce monticule. >

< Bien, où allons-nous trouver cette prétendue bombe ? > a demandé Rachel qui s'impatientait.

< Dans les entrepôts qui se trouvent là-bas, a fait Marco. Il y en a trois alignés les uns à côté des autres. Si c'était moi, je mettrais mon matériel le plus précieux dans celui du milieu. C'est l'endroit le plus sûr. D'un autre côté, je ne vois aucun garde alentour. >

< Je suis d'accord, ai-je approuvé. Mais il y a certainement des milliers de gardes. Souvenez-vous, les Nesks se rassemblent pour former une créature de grande taille uniquement lorsqu'ils ont besoin de se servir d'une arme. Mais vous pouvez être sûrs qu'ils sont partout dans le camp. >

< D'accord, a fait prince Jake. Voici comment nous allons procéder. Ax et Rachel, vous vous dirigerez directement vers l'entrepôt central. Ax repèrera la bombe tandis que Rachel la portera, les deinonychus peuvent plus facilement proter des choses que les T-rex. Marco et Tobias monterons la garde sur la gauche. Cassie et moi sur la droite. Nous allons entrer de force dans cet entrepôt, prendre ce que nous sommes venus chercher, puis nous diriger droit vers les arbres qui se trouvent là-bas. >

Je me sentais nerveux. Non pas à cause du fait que nous allions sûrement nous battre. Enfin, si, peut-être aussi. Mais surtout, je me sentais nerveux d'avoir à identifier la bombe. Les armes explosives peuvent avoir des milliers de formes et de tailles différentes. Certaines sont aussi grosses que des voitures humaines, mais la plupart sont beaucoup plus petites. Les armes explosives andalites ne sont pas plus grosses qu'une balle de base-ball.

< Prêts ? > a demandé prince Jake.

< Toujours prête >, a grommelé Rachel.

< Bien, tout le monde continue à avancer comme si nous étions de vrais dinosaures. >

< Ce qui peut sembler complètement dément, mais

qui paraît normal puisque nous en sommes, des dinosaures, a remarqué Marco. Enfin quoi, personne d'autre ne trouve ça carrément étrange que nous soyions des dinosaures qui s'apprêtent à voler une arme nucléaire à une bande de fourmis extraterrestres, soixante-cinq millions d'années avant que le premier humain ait même penser à faire cuire sa viande avant de la manger ? Non, personne d'autre ne trouve ça complètement dingue ? >

< Non >, a répondu Rachel.

Nous avons avancé dans la base, pas vraiment discrètement. Il y avait un bruit d'impact à chaque fois que mon pied de tyrannosaure touchait le sol.

J'ai fixé mon attention sur l'entrepôt du milieu. J'ai également regardé en direction de la forêt. Les vaisseaux des Nesks auraient bien du mal à nous suivre entre les arbres. Mais il serait difficile d'arriver jusque làbas. Particulièrement si je n'arrivais pas à trouver rapidement ce que nous cherchions.

La base paraissait déserte, vide. Mais en regardant attentivement avec mes yeux de dinosaure, je pouvais voir d'étroites colonnes de ces espèces de fourmis qui quadrillaient le sol comme une immense toile d'araignée. Quand je posais mon pied près de l'une d'elles, elle se décalait simplement sur le côté.

Nous sommes passés tout près du petit vaisseau oval. Il faisait peut-être deux fois la taille d'un chasseur andalite, et il était constitué de trois tubes ovales entrecroisés. J'aurais aimé avoir plus de temps pour étudier ça.

L'entrepôt, juste devant. Il semblait avoir été construit en métal grossier. Mais lorsque je me suis approché, je me suis aperçu qu'il s'agissait en fait de terre. Il avait été construit de la même manière que le monticule, grâce au travail de millions de minuscules créatures. Ensuite, il avait été recouvert de déjections et poli, ce qui lui donnait cet aspect brillant.

< Ces Nesks sont vraiment très étonnants, ai-je dit. Ils ont volé et copié des technologies très avancées, mais à côté de ça... >

Scrr-EEEEE-eeee-EEEEE-eeee-EEEEE-eeee ! Scrr-EEEEE-eeee-EEEEE-eeee-EEEEE-eeee !

Une sirène d'alarme ! Des flashes de lumière ! La tour de défense automatisée s'est illuminée de lumières verte et bleue. Le vaisseau s'est mis en route.

La base entière a soudain paru très animée. Très très dangeureusement animée !

< Un détecteur de parole mentale ! ai-je crié. Ils

savent que les Mercoras l'utilisent et ils ont un détecteur de parole mentale ! >

< Quoi, mais tu plaisantes ? s'est étonné Marco. Comment est-ce possible ? >

< Pour tout vous dire, les scientifiques andalites essayent depuis des années de mettre au point un tel système. Il doit fonctionner sur le principe du… >

Scrr-EEEEE-eeee-EEEEE-eeee-EEEEE-eeee ! Scrr-EEEEE-eeee-EEEEE-eeee-EEEEE-eeee !

< Ils arrivent ! a hurlé Cassie. Ils sortent du monticule ! Ils arrivent ! >

On aurait dit qu'une espèce de rivière rouge s'écoulait de l'amas de terre. D'autres sortaient sous nos pieds. Le sol paraissait prendre vie ! Ils étaient des millions et des millions.

< Allons-y ! > s'est écriée Rachel.

J'ai bondi en direction de l'entrepôt. J'ai donné un coup avec ma puissante patte de tyrannosaure et j'ai fait un petit trou dans le mur.

J'ai frappé encore. Le trou s'est agrandi très légèrement.

< Marco, va aider Ax ! > a dit prince Jake.

Bientôt, deux tyrannosaures se sont acharnés contre ce mur de terre.

< On se croirait dans *Godzilla* ! s'est exclamé Marco en ricanant. Après, on file droit sur Tokyo ! >

Soudain, le mur s'est écroulé. J'étais à l'intérieur. Mais j'étais trop grand ! Ma tête appuyait contre le dessous du toit. Il fallait également détruire le toit. Mais chaque débris qui tombait cachait de plus en plus le matériel entreposé là.

Rachel est passée près de moi en se baissant et à commencé a dégager des caisses et des cartons remplis d'objets volés à des dizaines de civilisations extraterrestres. Elle utilisait ses griffes pour les ouvrir, éparpillait leur contenu, alors même que des morceaux du toit lui tombait dessus.

< Le vaisseau s'apprête à décoller ! > a prévenu Tobias.

< Prince Jake, me suis-je empressé de dire. Il serait plus facile d'attaquer le vaisseau alors qu'il est encore au sol ! >

< Oui, je vais m'occuper de ça, a-t-il répondu sinistrement. Ax, toi et Rachel restez où vous êtes. Tous les autres, allons voir quels dégâts sont capable de causer ces dinosaures. >

CHAPITRE 32

TOBIAS

En moins d'une minute, alors que nous nous serions cru dans une ville fantôme, nous avons eu l'impression d'être transportés au milieu d'une sorte de jeu vidéo complètement incontrôlable. Des lumières ! Des sirènes ! Des vaisseaux qui se mettaient en marche. La tour de défense automatisée qui envoyait des flashes de lumière surpuissants dans toutes les directions.

Et le pire de tout, des millions de Nesk, partout ! Mais ils ne nous attaquaient pas.

< Ils ne se rendent pas compte qu'il s'agit de nous, ai-je dit. Ils ne savent pas d'où viennent ces paroles mentales. Ils n'ont pas compris que c'était nous. >

< Ils ne vont pas tarder à comprendre, a estimé Rachel. Ax et moi sommes en train de réduire en poussière leur entrepôt. Ils vont faire le rapprochement. >

< Leur étrange vaisseau spatial ovale est sur le point de décoller, a remarqué Jake. Allons-y vite. >

Trois énormes dinosaures se sont dirigés lourdement vers l'engin. Je courais devant eux, plus agile et plus rapide dans mon animorphe de deinonychus. Je ne pouvais pas causer de gros dégâts au vaisseau. A moins que...

J'ai bondi et j'ai atterri sur un des tubes ovales, juste au moment où le vaisseau allait décoller.

Crunch !

Mon poids l'a destabilisé et un de ses côtés a touché le sol. Et alors...

Whammm !

J'ai été catapulté dans les airs comme un jouet.

J'ai fait un vol plané avant de heurter le sol avec mon derrière de dinosaure et de me retrouver sur mes deux pattes.

Cassie m'a imité. Mais nous ne jouions pas dans la même catégorie. Son énorme masse a littéralement déchiré la coque d'acier qui n'a pas résisté plus longtemps qu'une feuille d'aluminium et qui est venue finir dans la poussière.

< Cool ! s'est-elle exclamée. Les machines, ça ne me dérange pas de les détruire. Tu vas bien Tobias ? >

< Seule ma dignité en a pris un coup, ai-je répondu. Regarde, il y a un vaisseau en forme de pyramide juste ici ! >

Nous avons fait demi-tour et nous nous sommes dirigés vers le second vaisseau.

< J'en ai trouvé une, a crié soudainement Ax. Je ne connais pas exactement sa puissance, mais il n'y a aucun doute, il s'agit bien d'un engin explosif ! >

< Alors faites vite ! a hurlé Jake. Rachel, tu peux le porter ? >

< C'est déjà ce que je suis en train de faire ! >

< Nous mettons le vaisseau pyramide hors d'état de nuire ou nous nous enfuyions ? a demandé Cassie. >

< Ax et Rachel, emportez la bombe loin d'ici, nous allons rester un peu pour causer encore quelques dégâts. Comme ça, ce sera peut-être plus difficile pour eux de partir à notre poursuite. >

J'ai couru vers le vaisseau pyramide. Mais les Nesks avaient compris ce qui se passait. Ils avaient enfin percé le mystère : ces dinosaures étaient leurs ennemis.

Une fois qu'ils ont eu compris ça, ils sont devenus très méchants.

Tsaaapppp !

Un faisceau d'énergie a jailli de la tour de défense la plus proche et est venu creuser un trou dans le sol, à l'endroit où je me tenais un millième de seconde auparavant. J'ai ressenti une vive douleur. La moitié de mon pied avait été brûlé.

J'ai titubé. Le vaisseau pyramide se dirigeait maintenant vers nous, ses armes sorties et prêtes à tirer.

Je me suis précipité vers lui, mais ma blessure me ralentissait. Jake m'a dépassé et a bondi dans les airs, des tonnes de muscles et d'os transformées en un énorme projectile. Il a heurté le vaisseau juste au moment où celui-ci ouvrait le feu.

Ch-ch-ch !

Whumpf !

L'engin s'est balancé dangeureusement, totalement hors de contrôle. A ce moment-là, une seconde tour défensive automatisée a tiré elle aussi.

Tsaaappp !

Kuh-blooooom !

Son rayon énergétique a frappé accidentellement le vaisseau qui a explosé dans un éclat de lumière orange et jaune.

J'ai ressenti l'impact sur mon flanc. J'ai été projeté au sol avant même de comprendre ce qui se passait.

J'ai voulu sauter en l'air, mais mes pattes étaient affaiblies par ma blessure.

Des démangeaisons ! J'étais recouvert de Nesks, me mordant, me piquant, m'attaquant de la manière la plus primitive qui soit.

C'était vraiment étrange. Ils étaient en train de griller tout ce qu'ils voyaient avec des rayons d'énergie hautement perfectionnés et, dans le même temps, ils mordaient.

< Bon, ça suffit ! On se replie vers les arbres ! > a hurlé Jake.

Il n'avait pas à me le dire deux fois. J'ai vu la lisière de la forêt éclairée par les premiers rayons de l'aube naissante et par l'éclat des explosions, et j'ai couru. Douleur ou pas, j'ai couru pour me mettre à l'abri.

Mais c'est à ce moment-là que ma jambe blessée a refusé de fonctionner. J'étais à terre. Deux gigantesques tyrannosaures bondissaient devant moi. J'aurais dû crier, les avertir, mais si je faisais ça, ils se feraient tuer en essayant de me porter secours.

Et comme un sauveur tombé du ciel, une énorme tête carrée est apparue. Elle s'est baissée, les mâchoires grandes ouvertes. Des mâchoires qui se sont délicatement refermées autour de moi. Des crocs de plusieurs centimètres ont déchiré ma peau, mais sans s'enfoncer dans ma chair.

Le tyrannosaure m'a soulevé toujours plus haut. Il s'est mis à courir en me secouant à chacun de ses pas. Je ressentais à chaque fois une vive douleur qui me parcourait le corps. Mais au moins, je n'étais plus étendu sur le sol, à la merci des Nesks.

< Dis-le moi si je mords trop fort >, a fait Cassie.

Ch-ch-ch-cheeeeew !

Le sol a explosé à côté de nous. Cassie me portait de telle façon que je pouvais voir ce qui se passait derrière. J'ai vu le second vaisseau pyramide décoller et faire feu sur nous. Derrière lui suivait un autre engin que nous n'avions pas eu le temps de détruire.

J'ai tourné la tête vers l'avant. Il nous restait encore beaucoup de chemin à parcourir jusqu'aux arbres. Et, entre nous et la forêt, se trouvait une de ces tours défensives meurtrières.

Cassie courait.

Les vaisseaux étaient à notre poursuite.

Nous n'avions aucune chance. Aucune chance de nous en sortir.

< Je vais essayer de contacter les Mercora >, a prévenu Ax.

J'ai à peine eu le temps de penser « quoi ? », lorsque la tour s'est mise à tirer. Les autres l'avaient déjà dépassée. Mais Cassie et moi étions pris au piège entre elle et les chasseurs qui se rapprochaient de nous.

< Je le sens mal >, ai-je remarqué.

< Moi aussi >, a approuvé Cassie.

Soudain, Jake et Marco ont fait demi-tour. Ils se sont dirigés vers la tour qui se trouvait devant nous. Elle faisait peut-être quinze ou vingt mètres de hauteur. Les deux tyrannosaures ont donné un violent coup dans une des poutres qui la soutenait.

Craaachhhh !

Elle ne s'est pas effondrée, mais elle a été violemment secouée. Et désormais, elle avait un air plutôt penché. Ce qui a suffi pour que son tir soit complètement dévié.

Jake et Marco ont recommencé à cogner et, cette fois, nous les avions rejoints. Cassie a donné le coup de grâce.

Lentement mais sûrement, puis de plus en plus vite, la tour automatisée a commencé à tomber.

Elle est tombée comme un immense arbre, droit sur le monticule des Nesks.

C'était une bonne chose, mais ce n'était pas suffisant. Nous avions été trop lents. Tandis que nous continuions à courir vers le bois, les chasseurs se rapprochaient. Nous n'avions aucun moyen de les semer. Aucun moyen de les éviter. Ils nous tenaient.

Nous allions tous mourir, soixante-cinq millions d'années avant la date de notre naissance.

CHAPITRE 33
RACHEL

Ax et moi avons atteint la bordure de la forêt. Dans mes pattes de devant, je tenais un tube blanc de forme oblongue qui, d'après Ax, était une bombe nucléaire.

Laissez-moi juste vous dire une chose. Transporter une arme nucléaire, ça rend plutôt nerveux.

J'ai regardé derrière moi. Et j'ai compris ce qui n'allait pas tarder à se passer.

Trois immenses tyrannosaures – Jake, Marco et Cassie – étaient en train de courir. La tête en avant, la queue relevée, ils fonçaient comme des fous. Un de ces monstres tenait un deinonychus dans sa gueule. Et deux vaisseaux volaient quasiment au-dessus d'eux.

Le massacre allait commencer

< Qu'est-ce que tu veux dire par désespérée ? > ai-je voulu savoir.

< Je suis en train de parler avec les Mercoras >, m'a-t-il expliqué.

Je me souvenais maintenant qu'il m'avait dit quelque chose à ce sujet tout à l'heure, mais je n'y avais absolument pas fait attention.

< Je vais retourner les aider >, l'ai-je prévenu.

< Ne fais pas ça, tu ne serais qu'une cible de plus pour les Nesks. >

< Exact, ai-je approuvé sur un ton sinistre. Mais s'ils me tirent dessus, l'un de nous parviendra peut-être à s'échapper. >

Je me suis lancée à leur secours. J'ai entendu le pas lourd d'Ax qui me suivait.

Ch-ch-ch-cheeeiiiiwww !

Le vaisseau pyramide a tiré.

< Aaaahhh ! > a crié Jake.

Il est tombé au sol, gravement blessé.

< Démorphose >, ai-je hurlé.

L'engin a tourné sur lui-même, en prenant tout son temps, et s'est mis en position stationnaire au-dessus de la créature vaincue et sans défense qui se tordait de douleur : Jake.

Ch-ch-ch-cheeeiiiiwww !

Les Nesks ont ouvert le feu à bout portant.

< Nooonnn ! > s'est écriée Cassie.

Le rayon nous a éblouis. Mais une fois que nous avons pu y voir de nouveau, nous nous sommes aperçus que Jake était toujours là. Une sorte de lueur électrique courait tout le long d'une protection invisible qui l'entourait.

< Un champ de force ! s'est exclamé Ax. Les Mercoras ! >

C'est alors que nous avons repéré les deux vaisseaux mercoras. Ils étaient exactement comme on peut s'imaginer que sont des soucoupes volantes. Ils avaient projeté un champ de force pour protéger Jake.

Les Nesks l'ont également repéré. Ils ont tiré. Exactement au même moment que l'un des vaisseaux mercoras.

Boo-boummmm !

Il y a eu une forte explosion. Le vaisseau pyramide des Nesks et la soucoupe volante des Mercoras ont volé en éclats. Il m'a même semblé voir une grosse pince de Mercora projetée au loin.

Une deuxième soucoupe volante est venue planer au-dessus de Jake et des autres. Le deuxième vaisseau nesk, quant à lui, a paru hésiter. Pendant ce temps, ils ont commencé à démorphoser.

< Ils vont essayer de nous prendre à bord, a expliqué Ax. Nous devons démorphoser. Ils n'ont pas assez de place pour nos corps de dinosaures. >

J'ai moi aussi commencé à démorphoser, mais il a eu un moment d'attente insoutenable durant lequel les Nesks se sont demandés s'ils devaient poursuivre leur attaque ou battre en retraite.

La soucoupe volante ne bougeait plus. Les Nesks non plus. Match nul.

Jake, Cassie, Marco et Tobias avaient tous démorphosé. Ax et moi sommes sortis de sous les arbres, à découvert. Les Nesks ne voyaient des humains que pour la deuxième fois, et ils découvraient un Andalite pour la toute première fois.

– A ton avis, qu'est-ce qu'ils vont penser de toi ? ai-je demandé à Ax.

< Ils vont peut-être croire que les Mercoras ont de nouveaux alliés très puissants >, m'a répondu Ax.

On aurait que les Nesks l'avaient entendu car, à ce moment-là, ils ont viré à droite et se sont dirigés vers leur base pour y trouver refuge.

Je me suis mise à rire.

– Je pense que tu as raison, Ax. Il faut croire que les Nesks en ont vu assez. Que ce soit à notre époque ou à celle du crétacé, personne ne peut vaincre une équipe composée d'humains et d'Andalites.

Les Mercoras nous ont fait monter à bord, nous et notre petite bombe. Mais nos sauveurs extraterrestres avaient l'air abattu. Je n'ai pas tout de suite remarqué pourquoi, mais je me suis rapidement rendu compte que chacun d'eux avait perdu une de leurs petites jambes. Il ne leur restait plus qu'un moignon suintant.

– Qu'est-il arrivé à vos jambes ? ai-je demandé.

Mais au moment où ces mots sortaient de ma bouche, j'ai vu leurs membres dans un coin du vaisseau. Ils étaient posés sur un morceau de tissu très coloré qui recouvrait une sorte d'autel. Tout ça avait un air très cérémonial. Presque religieux.

< Pourriez-vous nous expliquer la signification de tout cela >, a demandé poliment Ax.

< Nous devons faire don de notre douleur. Nos pattes se régénéreront, renaîtront à la vie, contrairement à ceux que nous honorons, a déclaré le pilote mercora. Il s'agit d'un symbole. Notre douleur morale doit se traduire par une douleur physique. >

— Ils font cela pour les Mercoras qui se trouvaient dans l'autre vaisseau ? a demandé Jake.

< Pour ceux qui étaient dans les deux vaisseaux qui ont été détruits, a repris le pilote. Être tué est d'une grande tristesse. Tuer est un pêché. >

— Cassie, tu devrais bien t'entendre avec ces types, a estimé Marco.

Cassie a ignoré sa remarque.

— Nos jambes et nos bras ne repoussent pas, a-t-elle dit aux Mercoras.

< Vous devez donc porter la douleur en vous >, lui a répondu le pilote.

— Oui, a fait Cassie. C'est ce que je ferais.

— Merci de nous avoir sauvé. Nous sommes désolés pour ce qui est arrivé à l'autre soucoupe volante, a déclaré Jake. On vous doit beaucoup. Et nous vous sommes très reconnaissants. Je ne sais pas si vous comprenez ce sentiment, mais nous vous sommes très reconnaissants.

— Oui, c'est exact, ai-je ajouté. S'il y a quoi que ce soit que nous puissions faire pour vous... Je veux dire tant que nous serons dans votre époque. Quoi que ce soit.

< Ne fais pas de promesses que nous ne pour-

rons pas tenir, m'a chuchoté Tobias en parole mentale, à moi seule. Ça ne ferait que compliquer les choses. >

Je l'ai regardé pour tenter de comprendre ce qu'il voulait dire, mais les yeux du faucon sont impénétrables.

CHAPITRE 34

TOBIAS

Voler en-dessous d'un champ de force est une expérience étrange. La chaleur montait de la cité des Mercoras et des champs alentour, on y trouvait ainsi des courants thermiques formidables. Mais le champ de force était comme une sorte de toit en verre au-dessus de moi que je ne devais pas heurter au risque de me blesser de nouveau une aile.

Une étrange expérience. Mais c'était tellement agréable de voler de nouveau. Et je me sentais comme investi d'une sorte de mission. Il me semblait que quelqu'un devait survoler cette colonie mercora. Que quelqu'un devait regarder tout ce qui allait être perdu, pour se souvenir.

C'était étonnant, vraiment. L'univers recèle tant de secrets. Qui aurait pu penser que bien avant que les humains, les Andalites et les Yirks apparaissent pour se livrer cette guerre sans pitié, une bataille pour le contrôle de la terre était déjà engagée ?

A travers le champ de force, je pouvais voir de manière légèrement distordue les ptérodactyles à l'intérieur de leurs nids aménagés dans les grottes de la falaise. Je me demandais quoi et comment ils chassaient pour se nourrir. Mais quelle importance ? Comme tous les êtres vivants, ils faisaient tout pour s'adapter le mieux possible à leur environnement. Ils faisaient tout pour manger sans être mangés. Comme le faisait le faucon que j'étais. Toujours la même vieille histoire : rester en vie à tout prix. Contre les ennemis que sont la faim, la maladie, le feu, les inondations et tous les animaux plus féroces et plus gros.

Je sentais un vent chaud porter mes ailes. J'ai décrit des cercles pour prendre de l'altitude et pour avoir une vue complète de la vallée. Je sentais le champ de force juste quelques centimètres au-dessus de moi. J'ignore comment, mais les Mercoras avaient trouvé le moyen de laisser passer l'air à travers. Il s'agissait d'un peuple intelligent, évolué et honnête. J'espérais qu'il existait d'autres colonies mercoras dans la galaxie.

Loin en dessous, dans ce qui pouvait ressembler à une rue, j'ai alors vu mes amis discuter avec un Mercora assez agité. J'ai laissé filer l'air le long de mes ailes et je me suis mis à plonger. Parfois, il n'y a rien de plus relaxant que de piquer à toute allure vers le sol.

Je me suis perché sur un véhicule qui était garé non loin d'eux.

< Que se passe-t-il ? > ai-je demandé.

— Les Nesks s'en vont ! s'est écriée joyeusement Cassie. D'après les Mercoras, ils sont en train de quitter la terre ! Leur vaisseau orbital s'est posé et a emmené la base entière.

— On dirait que les gentils ont gagné, a remarqué Rachel. Je pense qu'ils ont vu que les Mercoras avaient de nouveaux alliés qui étaient de sacrés bagarreurs.

Elle s'est mise à rire, se moquant elle-même de sa fanfaronnade.

< Oui, je pense >, ai-je fait.

Les Mercoras ont fêté l'événement tout l'après-midi et dans la soirée. Ils l'ont fêté en labourant une cinquantaine d'hectares en bordure de la colonie et en y plantant des graines.

Mes amis et moi sommes retournés dans la pièce qu'ils nous avaient aménagée. Nous avons mangé et nous nous sommes reposés dans les fauteuils champ de force.

La nuit tombait et nous pouvions voir à travers la fenêtre la comète qui emplissait le ciel. Je me suis perché à un endroit d'où je pouvais bien l'observer.

— Bien maintenant, il faut que nous sachions où et quand utiliser cette bombe, a dit Jake.

< Les Mercoras sont d'accord pour que nous nous servions de leurs ordinateurs, nous a informé Ax. Avec leur aide, je vais certainement réussir à retrouver la théorie de la fissure Sario de manière à établir un plan cohérent. >

Jake a hoché la tête.

— Bien, parfait. Prends tout le temps qu'il te faudra. Fais ça bien.

— Bien oui, pourquoi se presser ? Nous avons autant de brocolis que nous le voulons, a ajouté Marco avec une expression de dégoût sur le visage.

Je regardais la nuit tomber. Je regardais le ciel. Et j'ai alors remarqué quelque chose : une sorte de rayon a heurté la tête brillante de la comète. Un rayon bleu, à angle droit de sa trajectoire. J'ai ressenti comme un coup au cœur. Les Mercoras l'ont remarqué aussi. Des rues en dessous de nous est monté un bruit de sirènes.

— Qu'est-ce que c'est que ça ? a demandé Marco. On dirait des voitures de police.

Jake a haussé les épaules.

– Qui peut savoir avec les Mercoras ? Ils sont parfois étranges. C'est peut-être simplement de la musique extraterrestre.

Quelques secondes plus tard, deux Mercoras sont entrés en trombe dans la pièce. Leurs yeux se fermaient et s'ouvraient à une vitesse incroyable, inquiétante même. Leurs deux petites mains tremblaient fébrilement.

< Les Nesks ! Ils n'acceptent pas leur défaite. Ils ont décidé que s'ils ne pouvaient pas rester sur cette planète, il n'était pas question que nous restions non plus. >

– Qu'est-ce que vous voulez dire ? s'est étonnée Cassie.

< Ils ont dévié la trajectoire de la comète. Elle se dirige désormais droit sur cette planète. Droit sur cette colonie. Dans un peu moins d'une journée, elle va s'écraser sur nous. >

– Nous ne pouvons laisser faire ça ! s'est écriée Cassie. Vous ne pouvez pas rester sans réagir. N'y a-t-il pas un moyen de... je ne sais pas moi, de la repousser dans une autre direction.

< Même notre champ de force le plus puissant

serait incapable de modifier sa trajectoire, a expliqué le Mercora. Il n'y aurait qu'un moyen. Le matériel explosif que vous avez pris aux Nesks... Nous pourrions utiliser notre dernier vaisseau pour le transporter jusqu'à la comète et provoquer une explosion. Ainsi, la tête de la comète se fragmenterait en milliers de petits morceaux. Cependant... >

— Ils ne voudront jamais nous demander de leur donner la bombe, a fait Jake.

— C'est vraiment pousser la politesse très très loin, a estimé Marco. Si c'était moi, je dirais : « Passe-moi la bombe et vite, copain ! »

— Si nous la leur donnons, nous n'aurons plus aucun moyen de rentrer, est intervenue Rachel.

— Nous n'avons pas le choix ! s'est exclamée Cassie. Est-ce que nous sommes plus importants qu'une colonie entière ? Est-ce que nous avons le droit de les condamner à mort simplement parce que nous voulons rentrer chez nous ?

— Attends une minute, tu es sérieuse ? a demandé Marco. Tu voudrais que nous leur donnions notre billet de retour, notre seul moyen de partir d'ici ? Il n'en est pas question.

– Ax, si cette comète venait à heurter la terre, quels dégâts causerait-elle ? a voulu savoir Jake.

Mais Ax ne pouvait pas lui répondre. Il était occupé par ce que j'étais en train de lui dire, en privé, en parole mentale.

Occupé par ce que j'étais en train de lui demander de faire.

J'ai parlé au Mercora :

< S'il vous plaît, laissez-nous quelques minutes pour réfléchir à tout ça. Et puis revenez nous voir. >

Ils sont partis. J'ai croisé le regard d'Ax. Il me regardait avec ses deux yeux principaux. Ses yeux tentaculaires étaient fixés sur la petite, mais puissante bombe qu'il tenait dans ses mains.

CHAPITRE 35
CASSIE

Les Mercoras ont quitté la pièce. Et quand ils sont revenus, nous leur avons donné la bombe.

J'avais été surprise par le résultat de notre vote. Nous étions quatre pour et deux contre : Rachel et Marco. Je pense que Jake n'avait pas oublié que les Mercoras lui avaient sauvé la vie. Je ressentais la même chose. Mais j'étais surprise par la décision silencieuse d'Ax et de Tobias. Ils n'ont rien dit. Ils ont juste voté comme Jake et moi.

Les Mercoras ont pris la bombe et se sont précipités vers le seul vaisseau qui leur restait. J'ai regardé par la fenêtre au moment où ses moteurs se sont mis en route.

< Il faut que nous partions d'ici >, a déclaré Tobias, qui retrouvait enfin la parole.

– Pourquoi ?

< Il faut que nous soyions loin d'ici quand la comète va s'écraser. >

– Qu'est-ce que tu veux dire ? ai-je demandé. Les Mercoras pensent que ça va marcher. Ils pensent pouvoir la faire exploser en petits morceaux qui brûleront en entrant dans l'atmosphère.

Tobias m'a fixée avec son regard froid de faucon.

< La bombe ne va pas exploser. Ax l'a réglée de telle manière qu'il n'y ait pas de mise à feu. Et il l'a fait de telle sorte qu'ils ne s'en apercevront pas avant qu'il ne soit trop tard. >

Nous avions tous les yeux fixés sur lui.

– Attends une minute, est intervenu Marco. Si nous ne pouvons pas l'utiliser, il vaut mieux que les Mercoras, eux, puissent le faire ! Je te rappelle, monsieur le génie, que nous sommes pile sur la trajectoire ! Cette comète, en s'écrasant, va nous enfoncer deux kilomètres sous terre. Autant te dire que ça va faire mal.

< Je n'ai pas le temps de vous expliquer maintenant, a repris Tobias. Tout le monde doit morphoser en oiseau. Il n'y a pas une minute à perdre. >

– Tobias, qu'est-ce que tu as fait ? me suis-je écriée.

< J'ai fait ce qui devait être fait, d'accord ! a hurlé Tobias en proie à une violente colère. J'ai fait ce qui

devait être fait. Je l'ai fait tout seul, pour que personne ne puisse se sentir mal ensuite. >

— Il faut que tu t'expliques immédiatement, a déclaré Jake de manière lente et suave, comme il le fait toujours lorsqu'il est vraiment en colère.

< Morphosez sans attendre ou je n'expliquerais rien du tout, a insisté Tobias. Allez-y ! >

Rachel a commencé à se transformer en aigle. Jake a hésité, mais la détermination de Tobias était telle… Il a commencé lui aussi à morphoser. Puis Marco s'y est mis, et Ax. Que pouvais-je faire ? Il fallait que je fasse comme eux. Je devais morphoser.

< Nous sommes au crétacé, a expliqué Tobias. A la fin du crétacé, à la fin de l'âge des dinosaures. >

— Et alors ? ai-je demandé pendant qu'il me restait encore une bouche humaine.

< Et alors ? A ton avis, ils vont devenir quoi les dinosaures, Cassie ? Ils ont régné sur cette planète pendant cent quarante millions d'années. Et vous avez tous remarqué combien nous sommes faibles et sans défense dans ce monde. Vous avez bien remarqué que les seuls mammifères qui existent sont des petits rats, assez petits pour éviter d'attirer l'attention des gros dinosaures. Alors comment croyez-vous que les

mammifères soient apparus et que les dinosaures aient disparu ? >

< Ils ont… ils ont évolué >, ai-je dit.

< Oui, ils ont évolué. Mais l'évolution a reçu un sacré gros coup de main. Vous savez, il y a environ soixante-cinq millions d'années… c'est-à-dire maintenant… quelque chose, on ne sait pas s'il s'agissait d'une comète ou d'un astéroïde, enfin quelque chose est entré en collision avec la terre. Le choc a été terrible. Assez terrible pour remplir l'atmosphère de poussière, empêcher les rayons du soleil de passer et changer le climat de la terre qui s'est refroidi considérablement. Voici pourquoi les dinosaures ont disparu. >

< Mais tu ne sais pas s'il s'agit de cette comète ! ai-je crié. Tu ne sais pas ! >

< Si je le sais, ai-je répondu. Nous n'avons jamais retrouvé un fossile de Mercora. Ce qui signifie qu'ils n'ont jamais prospéré sur cette planète, qu'ils n'ont jamais dépassé les limites de cette petite colonie. C'est la comète. L'heure est venue. Aujourd'hui, c'est la fin des Mercoras. Et c'est également… la fin des dinosaures. >

J'aurais voulu lui dire qu'il se trompait. Mais je savais que ce n'était pas le cas. Je voulais pleurer.

Mais j'étais devenue un rapace. Et les rapaces ne pleurent pas. C'était horrible, monstrueux. Inévitable.

J'ai demandé :

< Alors, on va laisser les Mercoras mourir, c'est ça ? > ai-je demandé.

< S'il y a quelqu'un qui puisse comprendre, c'est bien toi, a fait Tobias. Il ne s'agit pas seulement des Mercoras, c'est la planète entière qui va connaître un immense bouleversement. Des espèces par millions vont commencer à disparaître. Dans quelques semaines, quelques mois, ou peut-être quelques années, le dernier tyrannosaure va mourir. Et grâce à ça, de nouvelles créatures vont évoluer, parmi lesquelles... >

< Nous, ai-je fait en l'interrompant, c'est-à-dire l'*Homo sapiens*, qui n'aurait jamais pu évoluer si les dinosaures n'avaient pas disparu. >

< Alors, a ajouté Rachel, il est impératif que la comète frappe la terre. >

< Oui, sans aucun doute. >

Je détestais ces mots ! J'étais effondrée à la pensée de voir la petite colonie pacifique des Mercoras complètement détruite ! Mais aujourd'hui serait le jour de la destruction et, depuis le début, je savais qu'il était impossible de changer le cours de l'histoire. Tout ça avait déjà eu lieu, soixante-cinq millions d'années avant que je voie le jour.

Ax a pris la parole :

< Il faudra bien qu'ils baissent l'intensité de leur champ de force quand leur vaisseau décollera. On devra avoir pris notre envol, à ce moment-là, être prêts à nous glisser au-dehors. >

Il avait raison. Et Tobias aussi. Je le savais. Mais tout ça me rendait malade... et je n'étais pas la seule.

< Vous savez, a ajouté Jake, ces Mercoras nous ont sauvé la vie, ou plus précisément, m'ont sauvé moi. On pourrait les mettre au courant. Ils s'en sortiraient peut-être, ils pourraient s'enfuir. >

< Ils n'ont pas assez de vaisseaux, a remarqué Ax. Il ne leur reste plus que celui-ci après la terrible bataille qu'ils ont livrée contre les Nesks. De plus, qui peut savoir ce qui arriverait s'ils parvenaient à survivre ? Cela changerait de manière dramatique le cours de l'histoire. >

< C'est vraiment dur tout ça, a repris Jake sur un ton amer, laisser tomber ceux qui m'ont sauvé la vie... >

< Jake, a insisté Tobias, tu n'as pas le choix. >

< Le vaisseau est sur le point de décoller. >

Pendant tout ce temps, Ax l'avait surveillé avec ses tentacules oculaires.

< C'est maintenant ou jamais >, a fait Tobias.

< On y va >, a répondu Marco.

< Oui >, a acquiescé Ax.

< Il faut y aller. >

La voix de Rachel montrait à quel point cela lui coûtait, à elle aussi.

< Oui, a conclu Jake, ce n'est vraiment pas à nous de refaire l'histoire. >

J'aurais bien éclaté de rire. Nous faisions comme si nous avions le choix, alors qu'en réalité c'était Tobias qui avait pris cette dure décision pour nous. Il ne fallait pas arrêter la comète. La seule question qui restait en suspens, désormais, était de savoir si nous voulions nous enfuir et essayer d'oublier tout ça. En fait, la réponse était évidente.

< Merci, Tobias >, lui ai-je dit.

J'ignore s'il a cru que j'étais sincère ou s'il a pris mes paroles pour une remarque sarcastique. Je ne sais pas trop moi-même ce que je voulais dire.

J'ai ouvert mes ailes et j'ai pris mon envol.

CHAPITRE 36

JAKE

On s'est envolé. Et on a traversé le champ de force au moment où la soucoupe a décollé vers son destin funeste.

Tous les Mercoras étaient dehors pour regarder le vaisseau qui emportait avec lui tous leurs espoirs. La nuit les empêchait de nous voir.

J'en voulais à Tobias. Et j'en voulais aussi à Ax pour l'avoir aidé. Mais je savais qu'ils avaient fait le bon choix. C'était bien pour ça que j'étais en colère après lui. Voyez-vous, j'avais beau me dire qu'il avait raison, je me permettais de lui en vouloir, je voulais le rendre responsable de la tragédie qui était sur le point de se produire… et me dire que moi, je n'avais rien à voir là-dedans.

Nous avons pris de plus en plus d'altitude. Il faisait noir et nous allions si vite que les ptéranodons ne nous ont même pas vus. Ils chassent le jour. Tout comme les rapaces que nous étions devenus. C'est pour ça que notre vue n'était pas meilleure que celle d'un humain dans la nuit.

Nous nous sommes éloignés de la vallée où ces drôles de crabes cultivaient leurs brocolis, toujours plus haut dans le ciel, là où il n'y avait plus de lumière, et nous nous sommes dirigés vers l'océan.

La comète était hallucinante et nous aurions eu envie d'admirer sa beauté, si nous n'avions pas su ce qu'elle était vraiment et les conséquences qui en découlaient.

Nous avions presque atteint les deux heures qui nous étaient allouées. Alors, nous avons démorphosé puis remorphosé le plus vite possible. Cette fois, Cassie et Rachel ont morphosé en chouette afin de pouvoir nous guider dans l'obscurité.

< Est-ce que ça fera un gros « boum » quand ce truc va tomber sur la Terre ? > a demandé Rachel.

< Cela dépend à la fois de la vitesse de la comète et de sa taille, a expliqué Ax. Les Mercoras l'ont beaucoup observée. Ils disent qu'elle mesure approximativement sept kilomètres de diamètre et que sa vitesse est de vingt-deux kilomètres par seconde. >

< Par seconde ? >

< Oui, Marco. Au moment de l'impact, elle libérera une énergie équivalente à, disons, un million d'armes nucléaires. Je parle des armes qui étaient à bord de ce sous-marin. >

< J'ai bien entendu ? Un million ? >

< Oui, oui, tout à fait. Si l'on estime que ces armes sont représentatives d'une technologie nucléaire primaire. Mais ceci n'est que très approximatif. >

< Il y aura des ondes de choc. L'une d'elles pénétrera la Terre et la traversera même. Elle compressera la pierre sous son poids, si bien que tout le dioxyde de carbone qui y était enfermé s'échappera. L'explosion des gaz ainsi que la désintégration de la comète créeront une gigantesque boule de feu et tout ce qui se trouvera à cent cinquante kilomètres à la ronde, animal, plante, ou n'importe quoi d'autre, tout disparaîtra dans les flammes. Et un immense cratère de quinze ou vingt kilomètres de profondeur se formera. La seconde onde de choc rebondira sous la puissance de l'impact et elle enverra de la roche en fusion dans tout l'espace. Ces roches retomberont un peu partout et, en entrant de nouveau dans l'atmosphère, elles provoqueront proba-

blement une importante vague de chaleur, d'une telle intensité que les arbres et l'herbe même prendront feu et que toutes les créatures vivantes à la surface de la terre seront brûlées vives et… >

< Arrête ! Ça suffit ! > a hurlé Cassie.

< Oui, ai-je fait à mon tour, on a bien compris ce qui allait se passer. Ce qu'il faut savoir, c'est comment nous, nous allons nous en sortir. >

< Ou si ça vaut vraiment le coup de s'en sortir, a ajouté Tobias d'une voix sombre. Les prochaines années sur la planète Terre ne vont pas être franchement marrante. D'abord, il y aura le feu, ensuite, tout sera plongé dans le noir. Il y aura le noir, puis le froid, et la mort, partout présente. >

< Écoute-moi bien, a fait Rachel, moi, ce qui m'intéresse, c'est de survivre. Point final. >

Ax a repris la parole.

< La menace numéro un vient de l'onde de choc et, ensuite, il y a la chaleur intense. Quand la comète entrera en collision avec la Terre, il faudrait peut-être se trouver dans l'eau. >

< On ferait mieux de rester dans les airs jusqu'au dernier moment, ai-je précisé, il faut essayer de s'éloigner le plus possible. On va suivre la côte en remontant

vers le nord et, à la dernière minute, on se dirigera vers l'océan. >

On a continué à voler. Toute la nuit. On s'arrêtait juste toutes les deux heures pour démorphoser. Le soleil s'est levé et a dévoilé une scène de toute beauté. On était au-dessus du delta d'un fleuve. Il y avait des milliers de ruisseaux scintillants qui coulaient en direction de la mer. Et au milieu de ce paysage luxuriant, on apercevait les dinosaures. Des tricératops paisibles ainsi que des troupeaux de saltasaures, ces dinosaures au long cou et à longue queue que nous avions croisés. Il y avait aussi des hadrosaures, des crocodiles gigantesques et des ptéranodons qui se préparaient à plonger pour attraper des poissons.

Tous des géants à l'imposante carrure. Un monde dans lequel les éléphants seraient passés pour des petits animaux. Il y avait là des centaines d'espèces de dinosaures, et chacun d'eux était un miracle de la nature.

J'allais oublier : nous avons aussi croisé, çà et là, des tyrannosaures et d'autres grands prédateurs. Sans que je puisse m'expliquer pourquoi, et bien qu'ils aient essayé à plusieurs reprises de me tuer, c'étaient eux qui me faisaient le plus pitié. Ils étaient si sûrs de leur puissance. C'était leur planète, et ils y régnaient en maîtres. Je me demande si l'un d'eux a levé la tête et a remarqué qu'il y avait quelque chose de changé dans le ciel. Je me demande s'ils ont vu la comète et s'ils ont tremblé à son approche.

Même en plein jour, elle était encore visible. Nous volions en-dessous d'elle et au-dessus du monde plein de vie du crétacé.

Finalement, nous nous sommes arrêtés pour nous reposer sur les hautes branches d'un arbre. Tous, à l'exception d'Ax qui était resté un peu plus bas. Tobias se sentait chez lui, dans les branches et nous, humains, pouvions respirer et nous sentir – même provisoirement – en sécurité.

Cassie a ri, mais c'était un rire plutôt triste.

– Alors nous voilà, quelques dizaines de millions d'années en arrière. Les primates vont évoluer et apprendront à vivre dans les arbres pour échapper aux félins aux dents longues comme des sabres et aux autres prédateurs. Nous ne faisons qu'utiliser leur technique avec un peu d'avance.

– Maintenant, ils savent, a fait Rachel en regardant derrière elle.

– De qui parles-tu ? a demandé Marco.

— Des Mercoras. Ils se sont bien rendu compte que la bombe n'a pas explosé. Ils savent que c'est la fin pour eux.

Marco a fait un petit signe de tête.

— Ouais, et je me demande s'ils savent... enfin, je veux dire... s'ils savent que nous sommes responsables. Et je me demande aussi s'ils ont compris qu'on ne venait pas d'une planète lointaine, mais de très loin dans le temps. Et aussi, je me demande s'ils ont saisi la raison... enfin, vous voyez...

Un saltasaure s'est approché et est venu fourrer sa tête de serpent dans l'arbre pour se régaler de quelques feuilles, indifférent à notre présence.

La nuit est tombée de nouveau et nous avons repris notre envol très vite, cherchant absolument à nous éloigner le plus possible. Jusqu'à ce qu'Ax nous dise que le moment était venu.

Nous avons dévié vers l'océan et nous nous sommes posés sur l'eau, espérant que, dans les quelques minutes qui restaient encore, nous n'allions pas nous faire dévorer. Nous avons morphosé en dauphin et nous avons attendu la fin du monde.

CHAPITRE 37
CASSIE

Je suis restée à la surface pour assister au sinistre spectacle.

La comète ressemblait à une immense torche de feu, aussi grosse qu'une montagne. Elle s'est écrasée, et la force de l'impact a fait trembler la Terre toute entière. On pouvait presque l'imaginer pleurant de douleur. Mais vous savez comme moi qu'elle n'est qu'une grosse boule faite de poussière, d'eau et de feu qui tourbillonne dans l'espace. Si elle a de la valeur, c'est seulement parce qu'elle est à nous. Qu'est-ce que ça pouvait bien faire à l'univers, la rencontre en cet endroit précis et à cet instant précis entre une comète et la terre ?

Et pourtant, de toute mon âme, je pleurais pour elle.

Une explosion aussi puissante que celle d'un million d'armes nucléaires s'est produite. Comme si un géant avait jeté un marteau gros comme la lune sur notre planète. J'ai ressenti l'impact jusqu'au plus profond de moi.

On aurait dit que l'univers se coupait en deux. Mais je n'ai pas vraiment senti le choc. Parce que, tout à coup, je n'étais plus au milieu de l'océan à assister à la fin des dinosaures.

Je flottais au milieu de nulle part. Ce n'était pas vraiment dans les airs, ni tout à fait dans l'espace non plus, car je continuais à respirer.

< La Fissure Sario, ai-je entendu Ax crier, elle s'ouvre de nouveau grâce à la comète. >

Cette fois-ci, le voyage dans le temps était un peu différent. Nous ne nous sommes pas retrouvés immédiatement à l'endroit d'où nous étions partis. Nous avons été précipités dans une sorte de vide et nous avons eu l'impression qu'une cassette vidéo défilait à toute vitesse sous nos yeux.

J'ai vu le cratère, si gros qu'il aurait pu engloutir une douzaine de villes. Des débris en feu en sortaient de tous côtés. Une boule de feu incandescente a traversé le paysage, dévorant tout sur son passage. Les arbres explosaient, les dinosaures étaient carbonisés sur place avant même d'avoir eu le temps de pousser une plainte, un vent brûlant soufflait, et même le ciel semblait s'embraser !

Puis la boule de feu s'est affaiblie pour laisser place à la fumée et à la poussière qui ont recouvert la terre toute entière. Le soleil avait disparu. Ensuite la terre s'est mise à refroidir et d'autres espèces se sont éteintes.

Je voyais tout cela défiler sous mes yeux, de plus en plus vite. Le ciel s'est ensuite dégagé, mais les pluies acides ont dévasté de nombreuses plantes et ont affamé les derniers dinosaures. Il ne restait plus que quelques herbivores. Il n'y avait plus de troupeaux, juste quelques bêtes, qui n'ont pas résisté longtemps.

J'ai vu, en un éclair, le dernier tyrannosaure errer, affamé, amaigri, seul et affaibli au milieu d'un paysage dévasté. Il était à la recherche de proies qui n'existaient plus. Et puis il s'est effondré.

Le temps s'est accéléré : les continents ont dérivé à la surface du globe, j'ai vu l'Antarctique glisser jusqu'en bas de la planète et se couvrir de glace. J'ai assisté à la naissance de l'océan Atlantique là où il n'y avait auparavant qu'une mer intérieure, l'Inde a dérivé pour venir frapper violemment le bas de l'Asie donnant ainsi naissance à la chaîne de l'Himalaya.

Des lits de glace avançaient et reculaient, les forêts se développaient, puis disparaissaient pour apparaître de nouveau, des montagnes aux flancs escarpés jaillissaient, puis s'érodaient peu à peu.

Et partout, des créatures minuscules, couvertes de fourrure brune, faisaient leur apparition. Elles se sont répandues partout, comme les dinosaures avant elles. Elles ont migré, puis certaines sont devenues herbivores et d'autres carnivores. Il y en avait de toutes les tailles, douces ou féroces, lentes ou rapides. Et puis elles ont grimpé dans les arbres et se sont balancées de branche en branche. Et l'instant d'après, j'en ai vu occupé à cogner des cailloux l'un contre l'autre ou à fabriquer des outils en bois ou en os.

Elles se sont mises à se redresser et à marcher sur deux pattes. Ensuite elles ont construit des huttes, puis des villages et enfin des cités. J'ai vu tout ça dans une fraction de seconde. Parce que dans la longue, longue histoire de la terre, toute l'épopée de l'*Homo sapiens* tient dans un grain de sable.

Les dinosaures ont régné sur la terre pendant cent quarante millions d'années. Les hommes, eux, n'existent que depuis un petit million d'années.

Je me suis retrouvée de nouveau dans l'eau. Avec mes amis.

J'ai repéré les navires par écholocalisation et j'ai ressenti les derniers contrecoups de l'explosion nucléaire sous-marine qui avait ouvert la fissure Sario et qui nous avait transportés dans le passé.

< Nous sommes revenus à notre point de départ >, a commenté Ax.

Nous avons démorphosé une fois arrivés près de la plage. Nous sommes sortis de l'eau et là, il y avait bien la promenade. Il pleuvait toujours et il n'y avait ni volcan ni empreintes géantes dans le sable.

Nous sommes rentrés chez nous, confus et choqués. Aux informations, ils parlaient de la catastrophe qui avait eu lieu en mer. Heureusement, disaient-ils, il n'y avait pas eu de victimes.

La plongeuse de la Navy qui avait dirigé le sauvetage disait que c'étaient des dauphins qui l'avait conduite jusqu'au sous-marin. Certains prétendaient qu'elle était victime d'hallucinations provoquées par la profondeur et un mauvais mélange respiré dans son masque à oxygène.

J'ai retrouvé ma vie de tous les jours, mais je me sentais mal à l'aise, comme si j'étais dans un monde qui n'était pas le mien. Le soir même, Jake est passé me voir et nous sommes sortis marcher un peu.

– Tu sais, j'ai essayé de morphoser en tyrannosaure, m'a-t-il dit, mais il ne s'est rien passé, ça n'a pas marché.

– Tu devrais en parler à Ax, il doit certainement avoir une explication.

Jake a éclaté de rire :

– Ouais, mais même s'il en a une, je ne suis pas certain de pouvoir la comprendre !

– Peut-être que tout ça n'a été qu'un rêve, ai-je suggéré.

– Non, non. Mais tout ça s'est passé il y a bien longtemps.

– Est-ce qu'on a bien fait de faire ce qu'on a fait ? Ou est-ce que les choses n'auraient pas dû se passer autrement ? Est-ce que notre planète ne devrait pas être dominée aujourd'hui par les Mercoras ? Ou les Nesks ? Et les dinosaures ? Fallait-il vraiment qu'ils disparaissent ? Est-ce qu'on a vraiment eu raison ou est-ce qu'on n'est pas à l'origine d'un beau désordre ?

Jake ne savait pas quoi répondre, alors je me suis contentée de le prendre par le bras. Ensemble, on a contemplé le ciel un moment.

— Pas de comète à l'horizon, a-t-il commenté.

— Non, en tout cas, pas ce soir.

Nota Bene :

< Salut, c'est moi, Tobias. Au retour de notre voyage à l'âge des dinosaures, j'ai vérifié le nom des créatures que nous avions rencontrées : le tyrannosaure, le deinonychus, le saltasaure, le tricératops, l'iguanodon… Ce sont tous des dinosaures du crétacé. Néanmoins, certains paléontologistes pensent qu'un certain nombre d'entre eux, comme le spinosaure, avaient déjà disparu au milieu du crétacé, alors que notre aventure se déroule à la fin de cette ère. Tout ce que je peux dire, c'est que j'ai failli me faire dévorer par l'une de ces créatures, soi-disant disparues. Alors, qui allez-vous croire ? Moi ou une poignée de scientifiques qui n'ont jamais eu a faire qu'à des fossiles ? >

L´aventure continue...

Ils sont parmi nous !
Ne Les laissez pas vous contrôler, lisez…

La créature
Megamorphs n°1

Et découvrez dès maintenant
ce qui vous attend !

66 Je vis Marco et Ax rejoindre la fête de Darlene, et je me détendis. S'ils ne se faisaient pas marcher dessus, ils s'en sortiraient probablement. Malgré tout, le spectacle de la fête me rendit un peu triste. Ils semblaient tous bien s'amuser. Ils sautaient dans la piscine, couraient autour, poussaient des grands cris et discutaient tous ensemble.

C'était un tout autre univers que celui dans lequel je vivais. J'avais les autres Animorphs et Ax pour amis. Mais je n'avais aucun ami semblable à moi-même. Les faucons ne se réunissent pas et ne font pas de fêtes ensemble. Tout au plus, lorsqu'un faucon en voit un autre, cela signifie des problèmes, une bagarre pour le territoire.

Là-dessous, je vis Marco en souris qui pourchassait une fille.

« C'est pas vrai ! pensai-je. Je ne trouve même pas ça étrange. »

La fille se réfugia à l'intérieur de la maison. Marco et Ax la suivirent, entraînant dans leur sillage un groupe d'invités, dont l'un était visiblement Jake.

C'est alors que je commençai à voir quelque chose de bizarre. Une sorte de tornade de poussière. Enfin, c'est à ça que ça ressemblait. Comme les petits tourbillons de poussière qu'on voit parfois se lever dans le désert. Ça tournoyait comme une véritable tornade. J'étais fasciné parce que tout ce qui touche au vent est d'une extrême importance pour moi. Quelquefois, le vent signifie la vie ou la mort pour un faucon.

La tornade devenait de plus en plus épaisse. Solide. Je concentrai toute l'acuité de mes yeux de faucon pour en examiner les moindres détails. Je fis pivoter mes ailes et plongeai en piqué pour mieux voir.

Et alors, je vis… que ce n'était plus du tout un nuage de poussière. C'était une créature vivante ! Une bête faite de gueules hérissées de crocs, de griffes et de lames tranchantes ! 🙶